JN049703
プロペラオペラ
4
犬村小六
イラスト：雫綺一生

Contents

Propeller Opera 4

Design: chika toyoda(musicagographics)

プロペラオペラ 4

犬村小六

イラスト：雫綺一生

Koroku Inumura Presents

Propeller Opera

ガメリア合衆国
大公洋
大征洋
レキシオ
ハワイ
ニューギニア島
イザベル島
ソロモン諸島

リングランド
帝国
エルマ
第三帝国
ヒスパーナ
日之雄
鄯
來湾
フィンドア
フィル
フィン
メリーシャ
ウィンドリア
コースト
ダリア
世界全図
World map

あらすじ

日之雄帝国宮家嫡男・黒之クロトは第一王女イザヤの血筋を目的にプロポーズしたため両親共々王籍を剝奪され、ガメリア合衆国へ逃げ延びた。ガメリアで出会った投資家カイルと共に瞬く間に大金持ちとなったクロトだがカイルの裏切りに遭って無一文となり、「ガメリア合衆国大統領となってイザヤを手に入れる」と宣言したカイルに憤慨、目的を阻止するため帰国して軍人となり、イザヤが艦長を務める飛行駆逐艦「井吹」に乗り込む。

マニラ沖海空戦、インディスペンサブル海空戦、そしてソロモン海空戦……。三度の艦隊決戦を勝ち抜いたイザヤはいつしか救世主として崇められ、敵軍にまで名の鳴り響く存在に。しかし盟友の風之宮リオはソロモンで行方不明となり、イザヤは気丈に振る舞うもののやはり最近、元気がなく……。

一、司令と参謀

episode one

こちらがお約束の特製おはぎであります。

ご要望どおり、粒あんでございます。お茶もこちらに。どうぞどうぞ、熱いうちに。

……絶品でございましょう?

「東雲（しののめ）」料理長たるこのわたしに提供できない料理はございません。材料さえ入手できれば、地球上のあらゆる料理を作ってご覧にいれます。

さて……。

改めまして黒之閣下には本日、このようなむさ苦しい野菜倉庫へご足労いただき、恐縮至極に存じます。

閣下もご存じのとおり、現在のところ我らが飛行駆逐艦「東雲」乗員二百名は九割九分が白之宮（しろのみや）イザヤ殿下の親衛隊であります。

兵員室の壁には白之宮殿下のブロマイドが張り巡らされ、風呂の残り湯の取引価格は高騰する一方、朝の体操時の最前列チケットを巡っては夜な夜なむさ苦しい手押し相撲（ずもう）が繰り広げられております。

しかし……艦内において、わたしをはじめわずかながら、白之宮殿下ではなく戸隠（とがくし）ミュウ少尉を応援している兵員も存在しているのです。

……驚かれましたか？

「いや。どうでもいい」

あの魅力になぜ他の兵員が気づかないのか、不思議で仕方がないのです。

以前、阿蘇(あそ)で閣下が女風呂を盗撮した際のこと、覚えていらっしゃいますでしょうか？

「お前らに頼まれて無理やり盗撮させられた記憶ならある」

あのときわたしは空雷科員に紛(まぎ)れ込み、戸隠(とがくし)少尉を陽動するための決死隊員として名乗り出ました。

正直に言います。あのときわたしは死にたかったわけではなく、戸隠少尉に捕まりたくて自(みずか)ら志願したのです。

結果はもう、大満足。

闇のなかからいきなり現れた戸隠少尉の両目がわずかにひらいたと思った瞬間、わたしの視界は暗転し、気づいたら縄で縛り上げられ、宿所の軒先に逆さ吊(づ)りにされておりました。

寒空の下、頭を下にしてゆらゆら揺れながら、わたしは感激の涙が止まりませんでした。

失神している間、あの戸隠少尉のかわいらしい両手がわたしの胴体に回り、こうして丁寧に縄で締めあげ、ふうふうと息をつきながら屋根に登ってたったひとりでわたしの身体(からだ)を逆さに吊(つる)したのかと思うと、こう、とてもうれしくて、肉体に食い込む縄の痛みもだんだん気持ち良

くなり、できれば一生こうして縛

「なんの話だ。用件を話せ」

……失礼、我を忘れておりました。

はい、ええ、実は戸隠少尉のファンは艦内にわたしを含めて六名存在しており、「ミュウちゃん倶楽部（くらぶ）」を名乗って夜な夜な、それぞれの観測情報を持ち寄っては、戸隠少尉のかわいらしさについて語り合っております。

いつも両目を閉じて、無駄口など一切たたかず、ただ黙々と白之宮（しろのみや）殿下の至近に侍（はべ）るあの健気さ、かわいらしさ、一晩語ってもまだ足りません。

あぁ……こうして名前を口にしただけで熱い思いが迸（ほとばし）ってくる。

……戸隠少尉！　戸隠少尉！

……ミユウちゃん！

チュ、チューしたい!!

こうして、こんな感じで抱っこして、チュ――――って!!

ムッツッツチュ――っつっつって!!

………………………………………………。

………………失礼、取り乱しました。

あ、まだ帰らないでください、黒之（くろの）閣下。

お願いします、待って、待って、待って！

お願い待って、おにぎりに昆布いれますから！

……はい？　……え？　……わかりました、お任せください。毎日、昆布と鮭とマヨネーズを黒之閣下のおにぎりにだけ特別にいれます。

……ありがとうございます。はい、わかっております、手短に話します。

つまるところ我らはこれだけ本気で戸隠少尉を想っているということです。

決してよこしまな欲望を抱いているわけではなく、少年のような純粋な気持ちで……あ、いえ、もちろんちょっとは中年らしい不埒な気持ちも抱いてますし、隙あらば手が滑ったふりをして身体のどこかに触るのもありではないかと思ったりしますが、手出しすれば返り討ちに遭うため、手出しできません。

「……頼む……。……用件を言え……」

すみません閣下、あ、うなだれないで、顔を上げて、こっちむいて、はい、ええ、わざわざご足労願ったのは、ついに先日完成したこれを閣下にお目にかけようと……。

「……む？　……これは……」

はい。

戸隠ミュウ少尉専用のパイロットスーツであります。

我ら「ミュウちゃん倶楽部」六名が三か月分の給金をはたいて高価な伸縮素材を買い集め、

ここ数か月、隙あらば戸隠少尉の肢体を肉眼で採寸、寝る間も惜しんで縫いあわせた血と汗と涙の結晶……我らの魂が詰まったこれを閣下に託したいのです。

お願いします、黒之閣下。

戸隠少尉にこのスーツを着せ、写真撮影を敢行してください！

「死ね。十回死ね」

身体の線も露わなこの破廉恥スー……失礼、パイロットスーツに身を包み、ぱっちり両目を見ひらき、にっこり微笑む戸隠少尉のブロマイドが手に入ったら、わたくしのからだなどなんべん引き裂かれても構いません！

「プロペラに巻き込まれろ。十回巻き込まれろ」

どうしても見たいのです！　見なければ死ねませんし見れたら死んでも悔いありません！

あまりにも見たくて、頭のなかがパイロットスーツを着た戸隠少尉でいっぱいになって、気がつくと味噌汁に味噌を入れるのを忘れたり、サラダ油と石油を間違えたり、米にうどんをのせた「うどん丼」を作ったりしています！

「お前は料理を作るなっ！」

はぁ、はぁ……。思いの丈を言葉に変えて、なんとか落ち着いてきました。

……つまり、そういうわけです。ご理解いただけましたでしょうか。

「どういうわけなのかまったくわからん」

……我ら渾身の破廉恥スーツを戸隠少尉に着て欲しい！

笑顔でダブルピースしてる写真が欲しい！

困難な作戦になることは百も承知でありますが、生きる伝説・黒之閣下ならば必ず奇跡を起こしてくださる！

どうか閣下！　どうかどうかどうか！　明日をも知れぬ我らの命、その全てを黒之閣下に捧げますゆえ！

このスーツで戸隠少尉をピチピチにしてくださいませ――――っ！

帰らないでくださいませ――っ!!

お願いします、なんですかその顔、なんていう表情でひとを見るんですか、やめてください、見つめられるだけで心が腐っていくような…………いえいえもちろんただとは申しません、わたしの正式な階級は主計科兵曹長。艦内三度の食事の献立を決めているのはこのわたしであります。

作戦成功の暁には、黒之閣下が食べたいものを食べたいだけ提供いたしましょう。

カツ丼もアイスクリームもカレーも、食べたいときにいくらでも食べられるのです。

どうです、最高ではありませんか？

「米にうどんをのせる男の料理など、恐ろしくて食えぬわ」

集中しますから！　戸隠少尉のブロマイドが手に入ったら、もう俄然張り切って、連合艦隊料理選手権優勝のこの腕を黒之閣下のためだけに振るいますから！

……え？　そうですよ、わたし、料理選手権優勝してます。これ、そのときの賞状。連合艦隊で一番おいしい食事が出てくるのは「東雲（しののめ）」だと評判なの、ご存じではありませんか？

「……賞状を見せろ。……ふむ、本物だ。食事がうまいという噂（うわさ）も、確かに耳に挟んではいるが……」

それはもう、わたしが作ってますから。

「だが、サラダ油と石油を間違えたよな？」

だからそれは戸隠少尉のことで頭がいっぱいだったから！　ピチピチスーツが完成して浮かれてたの！　え？　揮発性燃料をどうやって烹炊所（ほうすいじょ）に持ち込んだのか？　だーかーらー、冗談！　閣下、冗談って知ってます？　ジョーク!!　イッツ、ジョーク!!　わたしの腕を信用してくださいよ、もうほんと全力で閣下のために尽くしちゃいますから、戸隠少尉を！　ピッチピチの戸隠少尉を笑顔でピースさせてください！

………………。

そうですか……。そうですよね……。

わかりました。切り札を出しましょう。

小耳に挟んだのですが、なんでも黒之閣下はホットドッグがお好きとか？

「…………ガメリアにいたころ、よく食してはいたが」

でも日之雄では食べられませんよね？　パンもソーセージもケチャップも売ってませんから。

「まあな。日之雄に戻って以来、食した記憶がない」

わたし、作れます。

「…………」

パンも焼けるし、ソーセージもケチャップも、艦内にあるもので作れます。

「…………」

なんならチリソースもかけちゃいます。タマネギと挽き肉たっぷりの旨味がぎゅ――っと詰まった、世界一のチリソース。閣下のためだけに作っちゃいます。

「…………ガメリアの南部料理は知っているか」

あ、ガンボとかですね！　スパイスたっぷりの豆スープ！　知ってます知ってます、閣下、南部料理お好きなんですか⁉

「…………ニューヨークにいたころ、事務所の近くに南部料理を出すダイナーがあってな。よく通っていた。留学中のイザヤと一緒に食べたこともある。庶民むけの安い店だったが、あそこの料理は旨かった……」

お、黒之閣下、ちょっと遠い目しちゃいましたね？　懐かしいですか？　食べたいですか？なんなら白之宮殿下のぶんまで作っちゃいますよ？　おふたりでどうです、昔を思い出しながらゆっくりガメリア料理など！

「…………………」

白之宮殿下もこのところお疲れのご様子！　たまにはゆっくり休ませてあげたいとわたしたちも常々心配しております！

どうか黒之閣下！　白之宮殿下のためにも、作戦立案をお願いします！

ホットドッグもハンバーガーも南部料理も作りますから！

どうかどうか、戸隠少尉にピチピチスーツを着せてくださいませ―――っ！

†　†　†

どいつもこいつも勝手な要望を当たり前のようにこのおれに突きつけおって、おれは便利屋ではない、第八空雷艦隊首席参謀であるのだぞ……。

野菜倉庫での密談を終え、黒之クロト中佐はぶつくさと文句を垂れながら、狭い昇降口の梯子を上りきり、飛行駆逐艦「東雲」上甲板へ辿り着いた。

舞台装置が切り替わったかのように、途端に南海の強い日差しと、高度千二百メートルの風が打ち寄せてくる。

換気が悪く、常に重油の匂いの垂れ込めた艦内とここではまるきり別天地、胸の深いところまで新鮮な大気を吸い込むと、しょうもない不満も風と一緒に飛び去って、さてどうしたものかと今後の算段がはじまる。

実にアホなお願いだ。聞いてやる筋合いもない。

だがしかし、このところイザヤが疲れ気味なのが若干気になってはいる。

物憂げな表情が増え、言葉数が少なくなり、いつもなら肩を怒らせて立ちむかってくるような挑発の言葉を投げつけても、心持ち疲れた目線を投げて弱い罵声を吐くくらいで、以前より明らかに元気がない。

原因は、五月のソロモン決戦で風之宮リオが行方不明になったことだ。

ずっと姉妹のように寄り添ってきた半身とでも呼ぶべき存在が、地上からいなくなってしまった。悲しみの大きさは、言葉にせずともそばにいるだけで伝わってくる。なにしろクロト本人が寂しく思っているくらいだ。イザヤからすれば恐らく、生まれてこのかた最大の痛みだろう。水兵たちを心配させまいと気丈に振る舞ってはいるが、横顔には寂しさと悲しみの色が透けて見える。

──お前らしくもない。元気を出せ。

──お前はいつも、偉そうにふんぞり返っていろ。

クロトの心中にそんな励ましの言葉が鳴りはするが、実際に言葉にしてイザヤへ告げる勇気もなく、歯がゆいものを抱えたまま果てしない大公洋の青を眺める日々。

眼下の海原には五万トン級タンカーを五隻連ねた船団が航跡を曳いていた。

一週間前、シンガポールを出発した大輸送船団だ。敵潜水艦を警戒するため、外洋には出ず水深二十メートルほどの鄯大陸沿岸に沿って北上している。

イザヤ率いる第八空雷艦隊所属の「東雲」「川淀」「末黒野」「卯波」、四隻の飛行駆逐艦はこの船団を護衛して飛行中。味方の制海圏内の航行ではあるが、このところ敵潜水艦の跳梁がめざましく、油断できない旅路である。

聖暦一九四〇年七月十日、サイゴン沖――

吹きさらしの上甲板には四連装空雷発射管が五基並び、空雷科員が整備にあたっていた。周囲で手空きの水兵が手すりに並んで駄弁ったり、日陰で昼寝したり、相撲をとったり。のんびりした雰囲気へ、発声練習する伝令たちの大きな声がびんびん響く。

すぐ近くで水兵長、平田平祐が発声の指導に当たっていた。クロトは平祐へ歩み寄り、

「おれも混ぜろ」

「あ、黒之閣下！　ストレス解消ですか、どうぞどうぞ！」

平祐は慣れた様子で、三等水兵の列にクロトを混ぜる。一か月前はこの列に艦隊首席参謀が混ざることに戸惑っていた水兵たちも、いまではすっかり慣れてしまった。

「あ、え、い、う、え、お、あ、お！」

水兵たちと一緒にクロトは大空へむかって、腹の底から大声をぶちまける。これをやっているとしょうもない雑事が頭から吹き払われ、気分転換にちょうどいい。

駆逐艦乗りが最も忙しいのは、泊地に碇泊しているときだ。

泊地では毎日の艦隊演習に加え、駆逐艦だけは湾口の哨戒任務もこなさねばならないため、水兵たちは寝るヒマもないほど忙しい。

対して現在のような護衛任務の最中は、訓練は持ち場で行われるだけ。敵が出なければ第三警戒配備だから、四時間働いて八時間休むことができる。さらに、輸送船は歯がゆくなるほど足が遅く、大陸沿岸しか進めないため、シンガポールから日之雄まで三週間ほどもかかってしまう。そのためほとんどの水兵が退屈を持て余し、面白いことはないかと狭い艦内を意味なく徘徊し、真偽の怪しい与太話に興じている。

――人間には楽しみが必要なのだな。

大声を出しながら、クロトはそんなことを思っていた。

辛く苦しい訓練ばかりだと、艦内の雰囲気が暗くなる。

ときにはバカなことやくだらないことをしてみんなで笑いあい、元気を取り戻す必要もある。

この二年間、同じ顔ぶれの水兵たちと猛訓練を重ね、幾度も死地を乗り越えて、いまのクロトはそんなことを理解していた。

――そうでなければ、来たるべき戦いを乗り越えられない。

幾つかの決戦を経験して、わかった。

士官も下士官兵も関係なく、艦内に乗り合わせた全ての兵員が一致団結して戦うことが、軍艦の命運を決する。

いきなり周囲の兵が死傷して、器材が破壊され、噴き上がった炎が行く手を塞ぐとき、艦が戦闘力を維持するためには水兵たちの決死の作業が不可欠だ。艦に愛着のない水兵はすぐに諦め落下傘を背負って逃げ出すが、艦を愛し、仲間を愛する水兵は我が身を挺して艦を救おうと奮闘するため、艦が沈みにくくなる。「井吹」「飛廉」「東雲」、これまで乗り継いできた軍艦のあげた大戦果は、全てが水兵の献身的な働きによるものだと、いまのクロトは骨身で理解していた。

だから、いまのような航海中の自由時間は、できるだけみなで楽しく過ごしたい。

そうすることで、この「東雲」は水兵たちの家となり、乗り合わせた全員が家族となれる。

――おれもイザヤに毒されたかな。

自分の思考を振り返り、クロトは内心だけで自嘲する。この二年間、イザヤが口を酸っぱくしてクロトへ言い聞かせてきた「艦は家、水兵は家族だ」という内容を、いまの自分は受け入れている。二年前であれば即座に「水兵は命令を実行するためのパーツだ」と否定していたはずなのに。

「おお、閣下、今日も精が出ますなあ、わははは!!」

黙考は、ぶしつけな大声に破られた。

クロトは顔をしかめ、発声練習と同じ音量で怒鳴り返す。

「やかましい！　でかい声を出すなっ！」

空雷科兵曹長、鬼束響鬼は幾多の古傷が刻み込まれた野太い両腕を胸の前に組み、仁王さまじみた巨軀を揺らして高笑いする。

「昔の宣言をいまなお忘れぬ心意気、実にお見事!!　この鬼束、心底閣下に感服しております!!」

言葉とは裏腹に、鬼束の表情にはうっすらと小馬鹿にした感情が垣間見え、クロトはそれが気に入らない。

深く息を吸い、凛とした一声を解き放つ。

「必ず貴様より大声を出すと誓った！　首を洗って待っていろっ！」

室内であれば壁がびりびり震えるであろう、鍛え上げられた声だった。

しかし鬼束はにやりと笑って言葉を受け止め、

「本気でできると思いますかっっ!?」

クロトとは比べものにならない、太く鋭い大声を張り上げる。

くっ、とクロトは唇を嚙む。確かにいまはとても適わない。だが。

「おれの声は日々でかくなっている！　必ずお前を超えると誓ったのだ、誓ったからには必ず超える！」

煮えたぎる双眸に鬼束を映し、クロトはいま出せる最大の声を絞り出す。
上甲板で働く空雷科員にとって、「大声」は戦場における重要な道具だ。電話線も伝声管も途絶した状態で、雷撃に必要な数値を科員全てに伝達するには、戦場での砲声や爆発音に負けない「大声」が不可欠となる。ときには生死をわけるその道具を、空雷科員たちは日々の発声練習で培っている。

二年前、重雷装駆逐艦「井吹」に乗艦したばかりのクロトは、演習中、「そんなか細い声では戦場で通用しませんぞ」と鬼束からバカにされた。それが悔しくてみなの前で思わず「お前よりでかい声を出してみせる!!」と後先構わず宣言し、以来、こうやってヒマがあれば発声練習にいそしんでいる。

大声を出すには、肉体そのものを鍛える必要がある。鍛え上げられた肉体は声の出力に関係するし、反響板の役目も果たす。だからクロトはヒマを見つけては水兵と一緒に懸垂や腹筋や腕立てを行い、大声に必要な横隔膜を鍛えるための呼吸トレーニングも繰り返してきた。

いまや首席参謀なのだからそんなことをする必要はないのだが、しかしクロトは練習をやめない。みなの前で誓ったからには必ず鬼束よりでかい声を出す。この二年間、その意地だけで練習に励んできた。

しかし鬼束はそんなクロトの意地など素知らぬ顔で、

「それはそうと黒之閣下!!　小倉料理長から依頼を受けたとかお聞きしましたあっ!!　我ら空

雷科、できることがあれば協力しますぞ！」

ぬ、とクロトも視線をむける。艦内には下士官独自の情報網が張り巡らされており、面白そうな話はすぐに下士官兵の隅々にまで知れ渡ってしまう。

「……ミュウにあの破廉恥スーツを着せるのだぞ？　不可能に近い」

練習を取りやめ、クロトは肩をすくめて吐き捨てる。

「白之宮殿下に頼めば良いではありませんか！　黒之閣下の願いは聞かずとも、白之宮殿下の命令とあらば、あの妖怪も断りますまい！」

「……いくら兵員の頼みでも、イザヤはミュウへそんな命令をくださない。ミュウの意志を優先するはずだ。となればミュウ本人に着ることを同意させねばならんわけだが、あの女は任務に関係ない依頼など絶対に受けぬ……」

言いながら、クロトは気づいた。

「……つまり任務であれば、着るはずだ」

顔を上げて鬼束へそう告げると、鬼束は「おおっ」と感心した表情を作ってみせる。

「戸隠少尉が破廉恥スーツを着る任務ですか!?　赤道祭のようなイベントがあれば、着るかもしれませんなあ！」

その言葉に、うむ、とクロトも頷く。

「そういうイベントをでっちあげればいいわけだ。航海はあと二週間もつづく。イザヤは艦内の一体感を重要視するから、家族的なイベントであれば断るまい……」

黙考をはじめると、水兵たちがなにか面白そうな匂いを嗅ぎつけ、クロトの周囲へ集まってきた。

「どうされました閣下、またなにか、よからぬ企てですか」「今度はどんな破廉恥写真を撮ろうというのです？」「閣下のくださるエロ写真、本当に毎回最高です」

クロトはこめかみに血管を浮かべ、いつの間にか周囲を取り囲んだ水兵たちを一喝する。

「貴様らの願いを聞き入れて毎回しぶしぶ撮っているのだ！　おれはイザヤの写真など興味無いわっ！」

ははぁっ、と一同は背筋を伸ばし、真剣に応える。

「もちろんわかっております！　黒之閣下には感謝の言葉もございません！」「閣下のおかげで、居住区は破廉恥スーツをまとった白之宮殿下の写真でいっぱいです！」「トイレの壁もいっぱいです！」「毎晩とっても楽しいです！」

うむ、とクロトは頷き、部下たちを見回す。

「願いを叶えて欲しければおれに忠誠を誓え。おれの命令には絶対に逆らうな、わかったか」

「はっ！　我ら一同、黒之閣下のために死ぬ覚悟であります！」

水兵たちは真剣な表情でそう応え、びしりとそろった敬礼を送る。

「うむ。実はアホの料理長から相談があってな……」

クロトは手短に、小倉料理長の願望を水兵たちに話して聞かせる。

おぉ、と一同はどよめきをあげて、

「確かにこれまで、白之宮殿下と風之宮殿下の陰に隠れておりましたが、ここ最近、戸隠少尉の存在感が増してきた感じはあります」「目立たないよう振る舞っているのが、かえってつつましくていいような」「真ん中には立てないが、脇だから輝くなにかがある」「いつも目をつぶっておられますが、ひらくとどんな感じなのでしょう」「あ、わたくし、戸隠少尉が目をあけてるとこ、見たことがあります！」

手を上げたのは、ひとりの見張員だった。

「戦闘の際、前方見張所にいらっしゃる戸隠少尉を、わたし、司令塔側面の見張所から確認しました！ なんていうか、目をあけるととってもキラキラしてて、透明っていうか、無垢っていうか、なんか、美人とかわいいの両方っていうか、その……あぁ、なんていうか……ぼくもミュウちゃん倶楽部入りたいです！」

見張員はそう言って、きゃ――っ、と甲高い声をあげ、両の手のひらに顔を埋める。

すると周囲の水兵たちがよってたかって、照れくさそうな見張員の頬をつねる。

「なんだこいつ、自分だけ見やがって、いいな～」「おれにも見せろよ、こいつぅ～」「なんだかおれも見たくなってきちゃったよ、このやろ、いいなぁ～」

じゃれあう水兵たちを一瞥し、クロトは言葉を重ねる。

「通常の手段であの妖怪が破廉恥スーツを着るわけがない。目をあけさせて笑顔でピースなど夢のまた夢だ。航海中に特別な催しを開催し、やつにあれを着ることを納得させねばならん。アイディアのあるもの、名乗り出ろ」

問いかけると、ひとり、輪から進み出た。

「空雷科一等水兵、山田餅太郎！　発言よろしいでしょうか！」

山田は艦内で唯一、高級品であるカメラを所持する水兵だ。リオの水着もイザヤの破廉恥スーツも、山田のカメラが撮影したもの。クロトが発言を許可すると、山田は鼻息荒く言葉を連ねる。

「実は現在空雷科では、白之宮殿下用の新しい破廉恥スーツを制作中であります！　前回も良かったですが、今回はさらなる修正を加え、より殿下の肉体にピチピチに貼り付く仕上がりになるかと！　この際、白之宮殿下と戸隠少尉のおふたりに並んで破廉恥スーツを着ていただき笑顔でダブルピースすれば良いのでは⁉」

がくーん、とうなだれてから、クロトは顔を持ち上げて、

「話をややこしくするな‼　ミユウに着せれば充分だろうが‼」

怒鳴りつけるが、周囲の水兵たちはさらに精悍な表情となり、

「いや、ふたり並んでピチピチになるべきです！」「そのほうが絶対かわいい！」「戸隠少尉が着るならば、きっと殿下も着てくださいます！」「破廉恥スーツを着た殿下とミユウちゃんが

笑顔でピース！　最高ではありませんか！」

根拠のないことを決然と言い切る。

「するわけなかろうが！」

クロトは断じるが、しかし周囲を取り囲む水兵は増える一方、ある種の殺気さえ醸しだしながら妄念を言葉にする。

「なぜ最初から『できない』と決めつけるのです！」「やってみなければわからないではありませんか！　夢はいつだって、最初の一歩からはじまるのです！」「願うだけでは、叶いませんぞ！　まずは行動しなければ！」

水兵たちは顔を真っ赤にし、クロトへ説教してくる。言っていることは間違っていないが、目的が完全に間違っている。

いきり立つ水兵たちへ、クロトもさらなる怒声を重ねる。

「作戦目標が無謀すぎる！　現実味のかけらもない作戦だ！　失敗が明らかな作戦を立案などできぬ！」

怒鳴りつけるが、水兵たちは一歩も引かない。

「わかっていないのはあなただ！」「おれたちはあなたの命令なら、命など捨てて実行する！」「おれたちの力を甘くみないでください！」「おれたちを信じてください！」「あなたにしかできないのです、黒之閣下！　おれたちはあなたの立てた作戦であれば、たとえ失敗が明らかであろうと、命を捨てて悔いはありません！」

熱い言葉がクロトへ降り注いでくる。

ぐっ、とクロトの胸の底が、その熱に感応する。

それほどまでにおれを信頼していたのか、お前ら。

目的はクソ以下だが、ここまで言われて引き下がるのもなにやら悔しい。

だがしかし、いくらなんでも、イザヤとミュウがそろって破廉恥(はれんち)スーツに身を包み、笑顔でピースしている写真を撮影するなど、奇跡でも起きなければ不可能……。

「…………ぬ…………？」

クロトの脳裏に、一条の光がひらめいた。

転瞬、それは明確なイメージを結ぶ。

――できる。

クロトの双眸(そうぼう)が、鋭く光る。

「閣下？」「閣下……！」

水兵たちもクロトの異変に気づく。

クロトは虚空(こくう)を睨(にら)みながら演繹(えんえき)を開始。

起こりうる未来を視界のうちに描き出し――

にやり、と不敵に笑ってみせる。

「もしや、閣下……！」

「あぁ。見えた」

どよめきが周囲を埋めた六十名近い水兵たちから湧き上がる。

クロトは悦に入った笑みをたたえ、周囲を睥睨。

「おれに不可能はない。おれの天才に感謝しろ」

前髪を片手で掻き上げ、笑みに凄惨な色を加える。

「イザヤとミュウに破廉恥スーツを着せ、笑顔でダブルピースさせてやる」

言葉と同時に、おおおおお、と夏雲のような歓声が甲板に沸き立つ。

「閣下！　閣下！」「黒之閣下バンザイ！　未来の連合艦隊司令長官バンザイ！」「未来永劫、黒之閣下に栄光あれ──っ!!」

水兵たちは感極まって互いに抱き合い、涙を流さんばかりにしてクロトを称賛する。

ひとり冷静な平祐が、怪訝そうにクロトへむかって問う。

「いったいそれは、どのような手段でしょうか？　僭越ながら、わたしのような凡人には、とても可能とは思えないのですが……」

「もちろん貴様らの協力が必要だ。赤道祭以上に大がかりな催しを一週間以内に実行に移さねばならんが、できるか？」

問うた瞬間、居合わせた水兵たち全員がこれ以上ないほど胸を反らし、拝命する。

「はっ！　この命にかけて！」

「破廉恥スーツに若干の修正が必要だが、構わぬな？」

確認した瞬間、一部の水兵たちが血相を変えた。

「まさか、ゆとりをもたせろ、とか仰るのではありますまいな！」「ピチピチしてこその破廉恥スーツですぞ！」「修正内容次第では、作戦に賛同できません！」

いきり立つ彼らを、クロトは一瞥。

「……焦るな。概要はそのままでいい。むしろ、手足の露出を増やさねばならん」

告げると一瞬にして、水兵たちの間にほっとしたものが広がる。

「露出が増えるなら文句ありません！」「とにかくピチピチしていれば満足です！」「重要なのはとにかく破廉恥であること、そこだけですから！」

朗らかな笑顔を見渡して、クロトは頷く。

「……綿密な準備が必要だ、兵科間の連絡を密にし、士官にも根回しをせねば。イザヤとミユウ以外の人間が全員団結してやつらを騙す必要がある。各兵曹長、あとで野菜倉庫へ来い。ミユウに気取られぬために、秘密連絡網を構築する」

「はっっ!!　黒之閣下、バンザーイ!!」「バンザーイ!!」

水兵たちは高らかにバンザイ三唱すると、クロトからの指示を受け取って三々五々、艦内各所へ散っていった……。

†††

「プロレス大会?」

突然のクロトの提案を、第八空雷艦隊司令官・白之宮イザヤ少将は目をぱちくりしながら受け取った。

クロトはふんぞり返る。

「いかにも。プロレスは知っているか」

「……ガメリアに留学していたとき、サーカスの演し物で見た」

「うむ。格闘技というより採点競技といったほうが近い。勝ち負けは最初から決まっており、観客はレスラーの強靭な肉体が繰り出す技の派手さ、美しさを楽しむ」

就寝ラッパが鳴り響いたいま、ここ「東雲」長官室では、イザヤとクロト、それに戸隠ミユウの三人だけ。

イザヤが書類仕事を一通り終えて一息ついたとき、いきなりクロトがここを訪ねて珍妙な提案をしてきた。うさんくさそうなイザヤの眼差しに構わず、クロトは説明をつづける。

「各兵科からレスラーを四名選出し、兵科ごとにタッグマッチを行って、試合そのものの完成度、芸術性を審査員が採点する。優勝した兵科には貴様からなにかくれてやれ。他愛もない催しだが、いずれの兵科も張り切っていてな。独自のコスチュームまで作りはじめている。このところ水兵たちも退屈しているし、力を合わせてなにかするのは良いことだ。まさか反対はしないだろうな？」

明らかに様子がおかしい。クロトがいつもの仏頂面（ぶっちょうづら）を消し去っていかにも親しげに接近してくるときは、腹に一物抱えているときだ。

——今度はどんなよからぬことを……。

そう直感するが、このところ退屈な護衛任務がつづいて士気が落ちているのは事実。楽しいことがなにもないと、兵の疲弊（ひへい）は溜まりやすくなる。ときにはみんなで和気藹々（わきあいあい）、くだらないことで騒ぐのも大事ではある。

「……盛り上がっているなら、やればいい。禁じる理由もない」

イザヤはあっさり了承する。ミュウはひとことも口を挟むことなく、部屋の隅で人形のように佇（たたず）むのみ。

うむ、とクロトは鷹揚（おうよう）に頷（うなず）き、

「では準備に取りかかろう。開催は五日後、十七時の予定だ。貴様には審査員を頼みたい。その時間は空けておけ」

「審査員？　プロレスのことなどなにもわからんが」

「貴様がいると兵たちも喜ぶ。下士官・兵だけでなく士官チームも出場予定だ。練習を見学し

てルールを学ぶといい。ちなみにおれも出る」

「お前がプロレスラー？　……ははっ。それは楽しみだ。良かろう、見学にいく」

イザヤは軽く笑って了承する。クロトは練習の場所と時間をイザヤへ伝えて、長官室から出ていった。

残されたイザヤは部屋の片隅に佇むミュウを見やって、

「……だそうだ。なにを企んでいるのやら」

ミュウはいつものように目を閉じたまま、

「……水兵たちが一致団結するのは、殿下に対してよこしまな願望を抱いたときのみ。くれぐれもご注意を」

「それは言い過ぎだよ。みな退屈している。ときにはバカなことをするのも大事だ」

「……殿下がよろしいならば、わたくしは意見する立場にありません」

そう言って、ミュウはまた長官室の置物みたいに突っ立ったまま黙り込む。

「ミュウもたまには気晴らしが必要では？」

「いえ。全く必要ありません」

ミュウの返答に、イザヤは頷きが返せない。

ずっと気を張ったまま、友達もなく、誰かと談笑もせず、黙々とイザヤを護衛しつづけるミュウ。娯楽や息抜きを「怠慢」だと断じているようなその仕事ぶりが、なんだか痛ましくも見えてくる。

――ミュウもみんなと一緒に楽しんでいいのに。

ミュウは子どものころからずっと、イザヤとリオを護衛してきた。

同い年なのに、学校にも行かず友達も作らず、ただひたすらイザヤとリオの身の安全のためだけに二度と戻らない十代の時間を捧げてしまったミュウ。イザヤが無事に艦隊司令官にまで昇進することができたのは、日常でも戦場でも、ミュウが常に一番近くで守ってくれたからだ。

本当に感謝しているからこそ、イザヤはミュウが喜ぶことをしてあげたい。そして、一度でいいからミュウが笑っているところを見てみたい。なにしろ十一才のころに出会ってからの九年間、ミュウの笑顔を一度も見たことがないから。

――一度でいいから、ミュウに笑ってほしい……。

そんなことをイザヤは思う。

二日後――「東雲」士官室、午後六時三十分。

酒保ひらけ、のラッパが鳴って、課業を終えた水兵たちがそれぞれ、宵の口のひとときを楽しみはじめたころ。

艦橋の士官室ではテーブルとソファを室外へ運び出し、体操マットを床に敷いて、クロトを含めた四人の士官が体操着に着替え、プロレスの練習を開始していた。

「東雲(しののめ)」艦長、小豆捨吉(あずきすてきち)大尉とクロトのタッグが赤コーナー、主計長と航海長タッグが青コーナーに陣取って、柔軟体操を開始する。

このあと、イザヤが見学に来るはずだ。

クロトは準備運動しながら、主計長と航海長に言い聞かせる。

「全ては貴君らの演技にかかっている。くれぐれもしくじるな」

「はい。演技力には自信があります」「我らにお任せください」

すでにクロトの指示はふたりに届いている。イザヤはただの練習だと思っているようだが、さにあらず。すでに根回しは完了し、艦内の士官・下士官・兵が一丸となって、イザヤとミュウに破廉恥(はれんち)スーツを着せる作戦が進行中。

「まずはイザヤに罪悪感を味わわせるのだ、全てはそこからはじまる」

「はっ!」「黒之(くろの)参謀の作戦に関わることができるとは、光栄であります!」

すでに年上の士官さえ、クロトの実績には信頼の念を置いていた。四人は鋭い目線を交わし、互いに頷(うなず)きあったところで、士官室の扉がひらいた。

「おー。たまにはいいな、こういうの」

明るい声で、体操着を着込んだイザヤと、同じく体操着のミュウが士官室へ入ってくる。

「おおっ、体操着!? 白之宮(しろのみや)殿下もプロレスに参加されるので!?」

捨吉が楽しそうに言葉をかけると、イザヤは顔の前で手を振って、

「しないよ。今日はせっかくの機会だし、一緒に運動するのもいいかなと思って。審査員を務める以上、実際の技の難易度を体験するべきだ……とかクロトが言うから」

「そうでしたか！　いや、我々も先日から軽く練習をはじめましたが、なかなか面白いものです！　ストレス発散にもなりますし、どうぞ殿下も我らに遠慮なく、大技など仕掛けてみてください！」

「気が向いたらな。頼んだぞ、諸君。士官の意地を見せて、見事優勝してくれ」

イザヤは明るく返事して、クロトへ向きなおる。

「コスチューム着るのか？」

「うむ。いま作っているところだ」

「楽しそうだな。台本は？　あるなら見せてくれ」

「うむ」

クロトは自ら執筆した短い台本をイザヤへ手渡す。ぱらぱらめくると、ゴングが鳴ってから主計長組がクロト組をやっつけて勝利を収めるまでの技の順番が書き記されていた。

「なるほど。こうやって最初から最後まで決まっているのだな。お前、負ける組なのか」

「勝敗は問題ではない。要は派手なコスチュームと展開で観客を熱狂させれば良いのだ。では練習をはじめよう。くれぐれも怪我などしないように。本番まであと三日。代役を立てる時間

はないからな」

そうして練習がはじまった。

素人ではあるが、四人とも海軍士官であり、肉体は本物のレスラーに負けないくらいに鍛え上げられている。嵐の海でも作業をこなす海の男だから敏捷さもバランス感覚も抜群のものがあり、プロレス技もなかなかの迫力だ。

「ラリアット！」「ドロップキック！」「バックドロップ！」

クロトに教えられた技の名前を連呼しながら、激しい技が容赦なく仕掛けられ、受けた側が吹っ飛んでいく。

予想よりも激しい練習に、イザヤは不安な言葉を投げる。

「おい、激しすぎないか？　怪我してはダメだぞ？」

「このくらいやらなければ、水兵たちに勝てぬ」

クロトがいつになく、汗をかきながら真剣に告げる。

「そういうものか？　あまり真剣になりすぎるな、あくまで余興だからな」

「甘いっ！」

いきなり飛んだクロトの一喝に、思わずイザヤは気圧される。

「これはすでに士官対水兵の対決だ。やつらは隙あらばおれたち幹部に恥をかかせてやろうと窺っている。おれたち士官が敗れれば、それみたことか、連合艦隊は水兵のおかげで成り立っているのだと吹聴して回るだろう。日常時、戦闘時はおろか余興においても、士官は水兵に後れを取ってはならんのだ」

クロトに似つかわしくない説教に、イザヤはぱちくりと目をしばたたく。

「いくらなんでもそこまで思いつめずとも……」

「ともかく、大真面目にやる。そして必ずおれたちが勝つ。そうだな、みんな」

クロトが呼びかけると、捨吉、主計長、航海長は四人で輪になって円陣を組み、

「行くぞっ!!」「おうっ!!」「勝つぞっ!!」「おうっ!!」

暑苦しい号令をかけはじめた。

――思った以上に真剣なのだな。

イザヤは場に呑まれ、そんな感想を抱く。再開した練習はさらに激しさを増し、受け身を取るほうが怪我をしないかひやひやしてくる。

一時間、みっちり汗を流してから休憩となった。

四人のレスラーは床にあぐらを組んでお茶を飲む。クロトは汗を拭きながら、

「どうだ審査員、なかなか本格的だろうが」

「うむ。思った以上に真剣なのだな。感心した。いい運動になるし、ストレス発散にも良さそうだ」

「ミュウと一緒にやってみるか？　なかなか気持ちがいいぞ」

「……そうだな。せっかく体操着を着てきたし」

言われるまま、イザヤは空いたマットで準備運動をし、それからミュウを相手に、いましがた見たばかりの技を繰り出してみる。

「えいっ、ラリアット！」

伸ばした腕をミュウへぶつけると、ミュウは無表情のまま、律儀に後方へ吹っ飛んで見せる。

「殿下、お見事ですっ！」「次はバックドロップを！」

「うん、バックドロップ！」

イザヤはミュウを抱えて後方へ投げつけ、ミュウは見事な受け身で受けきってみせる。

「殿下、我々よりお上手では⁉」

捨吉（すてきち）のお世辞に、イザヤは苦笑いを返し、

「そんなことない。でも楽しいな。ミュウもわたしに技をかけてくれ」

「いえ、わたくしにそのような真似（まね）は」

「演技だからいいんだよ。ミュウ、ほら、わたしにドロップキックをかますんだ！」

「絶対にできません……っ」

さすがのミュウも戸惑い気味に、主君のお願いを拒絶する。

するとクロトが、

「おれはやや疲れた。主計長組は、イザヤ組を相手に練習してはどうだ？　ミュウもイザヤ以

外なら、技をかけられるだろう」

　そんな提案をしてくる。イザヤは頷き、

「わたしは構わない。ミュウは？」

「……………殿下のご命令とあらば」

「よし、では主計長、航海長、ご教授願う」

「ははー―っ。殿下の仰せのままにー―っ」

　主計長と航海長はその場に平伏して受諾する。

　頷いて、意気揚々と自らも練習に参加しはじめたイザヤはこのとき、クロトがうっすらと笑んだことに気づかなかった。

　ほどなく。

「ぎゃ――――っ。腕が、腕が――――っ!!」

　主計長の絶叫が士官室に響いた。

「わたしは首が、首が――――っ!!」

　同時に航海長が悶絶しながら、マットの上を七転八倒する。

「え、え、え……？」

　主計長にバックドロップを仕掛けたイザヤが首を傾げ。

「……………………」

航海長に卍固めを決めていたミュウは無表情の底にうっすらと、不審な色をたたえる。

「受け身を取り損ね、腕が折れました！　これではとても出場できそうにありません！」

「強烈な卍固めをかけられ、首がおかしい！　あぁ、わたしも出場不可能だあっ！」

主計長と航海長は哀切な声をそろえ、

「なんということだ！　すぐに代役を見つけなくてはぁっ！」

「これは困った、しかし台本を理解して実践できる士官などほかにいないっ！」

捨吉とクロトがそんな声を合わせる。

イザヤは戸惑いながら、

「え、いや、だって、さっきまでちゃんと受け身取って……」

ぱん、とクロトは片手を打って、

「そうだイザヤ、お前とミュウがタッグを組んで出場すればいいのだっ」

突然そう言い放つ。

「え？　いやいや、わたしは審査員……」

「なるほど、殿下と少尉は台本を理解しているし、実践できる技術もある！　女性レスラーは見栄えがしますし、出場されたら優勝間違いなし！　さすが未来の連合艦隊司令長官、相変わらず冴えてますなあっ！」

「はっはっは、一時はどうなることかと思ったが、イザヤとミュウがいてくれて本当に良かった！　これでアホの水兵どもに後れを取ることはなくなったぞ、良かった良かった、おれたちの勝ちだっ」

バンザイするクロトたちの傍ら、イザヤは顔の前で手を振りながら、

「いやいや、わたしは審査員。プロレスなんてとてもとても……」

「なにしろイザヤは責任感が強い！　自分の手で主計長に怪我をさせた以上、その責任は絶対に取る！　なにしろ日之雄第一王女だからなあ、自らの過失から逃げるような真似は絶対にしない！　良かったなお前ら、安心して休んでいろ、代わりにイザヤとミュウが戦ってくれるぞ、良かったなあ！」

「バンザイ、バンザーイ」「イザヤ殿下、バンザーイ」「戸隠少尉、バンザーイ」

「いや、だから、出ないって。いやだ。衣装もないし」

イザヤの言葉と同時に、ばーーん、と音を立てて士官室の扉がひらき、目を血走らせた小倉料理長が飛び込んできた。

「偶然ですがっ!!　おふたりの衣装がありますっ!!」

†††

三日後——來湾沖。

「おんどりゃあぁぁぁっ!!　○ねやコラァァァっ!!」

蛮声と共に繰り出された鬼束の両指が、対戦相手の眼窩にめり込んだ。

「ぎゃ――――――――っ!!」

すさまじい悲鳴をあげて、空雷科員、滝沢上等兵曹はリング上を七転八倒。タッグパートナーである鯉ヶ淵一等水兵はノータッチでリングインし、

「○ねっ、鬼束っ!!」

吠えながら、鬼束の頭に凶器のフォークを突き刺す。

「ぎゃ――――――――っ!!」

鬼束の頭から噴水のような流血。

しかし鬼束は頭頂部にフォークを突き刺したまま、鯉ヶ淵を両腕で抱え込むと頭部を股に挟み込み、容赦ないパワーボム。岩石が落ちたような鈍い音と共にリングが一瞬大きくたわみ、鬼束の股から白い泡を吹き出す鯉ヶ淵が転がり落ちる。観客たちはやんやの拍手喝采を送り、「東雲」上甲板は今日一番の大盛り上がりだ。

機関科員、主計科員の試合が終わり、いまは第三試合、空雷科員によるタッグマッチの真っ最中。工作班が五日間の徹夜作業で作り上げたリングは牽引索をロープに用いた本格的なもの。前の二試合も熱のこもった演技を見せていたが、特に空雷科は半端ではなく、本物の殺し合いではないかと疑うほどのすさまじさ。

鬼束のタッグパートナーである平田平祐（ひらたへいすけ）水兵長は、赤コーナーから身を乗り出して、必死の声を張り上げる。

「兵曹長（へいそうちょう）!!　台本を守ってください!!」

さっきからずっと鬼束は制御不能の怪物と化し、台本を無視して大暴れしている。相変わらず頭にフォークを突き刺したまま、逃げ惑う滝沢の首を片手で鷲（わし）づかみにすると、あろうことか大口をあけて滝沢の頭部に噛（か）みついた。

「ぎゃ————っ!!」

顔の上半分を食われたまま、滝沢は手足をばたつかせて苦悶（くもん）する。平祐はますます顔を青ざめさせ、

「なにしてんですか兵曹長!?　蛇じゃないんだから！　そんなの台本にありませんっ!!」

「ぶるゔぇえゔぁか!!　ばいぼんなんじょがんげーねーっ!!」

頭に噛みついたまま「うるせえバカ、台本なんぞ関係ねえ」と返事すると、鬼束は今度は滝沢の両足を両脇に抱え込み、自（みずか）らが回転軸となって振り回しはじめた。鬼束渾身（こんしん）のジャイアント・スイングは、遠心力が最大に高まったところで終了する。

「どっせ————いっ!!」

空中高く投げ上げられた滝沢は、放物線の頂点で壊れたゼンマイ人形のようにじたばたと手足を振って足掻（あが）いたが、哀れにも頭を下にして上甲板に打ち付けられ、ぴくぴくと手足を痙攣（けいれん）

させて動かなくなった。

「勝者！　鬼束・平田組っ!!」

レフェリーが声をあげ、血染めの鬼束と平祐は勝ち名乗りを受けて、一方の滝沢は担架に乗せられ退場していく。

そしてすぐさま、審査員席に並んだ士官・下士官・水兵代表の審査員三名が、いまの試合の採点に入る。

「空雷科、得点！　八十五！　九十二！　九十！　合計、二百六十七！　本日の最高得点であります！」

わーーっ、と空雷科員たちから歓声があがり、みな抱き合って喜ぶ。

そもそもこのプロレス大会そのものがイザヤとミュウに破廉恥スーツを着せるためだけの仕込みであり、演目の結果がどうであろうとみな興味ないはずなのだが、いつの間にか競争意識が芽生えてしまって本気のプロレス大会になってしまっていた。

つづけて司会者役の水兵がリング中央へ進み出て、艦内放送マイクを握る。舞台役者を目指していたというこの水兵は流ちょうな口ぶりで、

『素晴らしい空雷科の戦いでした！　熱い血潮がリング内外に飛び散ってますねーっ!!　さて次はみなさんお待ちかねっ！　我らが『東雲』士官組の登場だーーっ!!』

片手を突き上げると、周囲を取り巻いた百五十名近い水兵たちが熱狂の声を張り上げる。

「殿下――――っ!!」「殿下――――っ!!」「は・や・く!!　は・や・く!!」

なにもかもこのときのために艦内一丸となって準備してきた。その努力がこれから報われる。水兵たちの熱狂は、早くも直前の試合を超えていた。

『赤コーナーっ!!　黒之クロト中佐、小豆捨吉艦長の入場ですっ!!』

司会者の声と同時に、蓄音機から勇ましい海空軍マーチが鳴り響き、ガウンに身を包んだクロトと捨吉が真剣な表情で入場してくる。

「○ね――っ!!」「帰れ――――っ!!」「おれと代われ――っ!!」

たちまち罵声が上甲板に満ちる。普段であれば士官にこんな口を叩けば重営倉送りだが、今日は無礼講ということで、水兵たちはここぞとばかりに罵声をクロトへ浴びせる。

「殿下に触るなーっ！」「触ったら許さねーぞーっ」「お前が触りたいだけだろ、このドスケベ参謀――っ!!」「おれと代われ――っ!!」「おれは殿下にアキレス腱固めくらいたいぞーっ」「おれは横四方固め――っ!!」

罵声が徐々に願望へと移りゆくなか、クロトは素知らぬ顔でリングイン、軽いフットワークでリングを巡り、ロープ代わりの牽引索に背中を預けて張り具合をチェック。

「か・え・れ！　か・え・れ！」

たちまちすさまじいブーイングと帰れコールがクロトへ降り注ぐ。

さらに。

「か・わ・れ！　か・わ・れ！」

代われコールも入り乱れるなか、司会者がさらなる声を張る。

『青コーナーっ!!　白之宮イザヤ少将、戸隠ミュウ少尉の入場ですっ!!』

たちまち罵声が歓声に代わる。

蓄音機からは可憐な少女歌手の歌声が鳴り響き、艦橋出入り口の扉がひらいて、全身をガウンに包んだイザヤとミュウが硬い表情で上甲板に足を踏み入れる。

「うお――――っっ!!」「きゃ――――っ!!」「でんか――――っ!!」

地響きが船体を震わせる。機関の轟きすら遥かにしのぐ、水兵たちの歓呼。そのなかにひとひら、健気な声援も紛れ込む。

「せーの、ミュウちゃー――ん!!　がんばれーっ!!　ミュウちゃー――ん!!」

ミュウちゃん倶楽部会員七名はおそろいのハッピを着込み、独特の抑揚でミュウへ声援を送る。声が聞こえているのかいないのか、ガウンをまとったミュウは無表情の底に怒りと困惑を混ぜ込んで、黙ってイザヤの背後について入場してくる。

イザヤもまた非常に硬い面持ち。ガウンの前をしっかり合わせ、いかにも居心地悪そうに口元を引き結び、ゆっくりとロープをくぐってリングイン。青コーナーに陣取って、対角線上、悠然とした表情のクロトへ怒りの籠もった視線をむける。

――全部、お前の仕込みだったんだな、クロト……。

観客席で熱狂的な声援を送る主計長を見やって、イザヤのはらわたが煮えくりかえる。軍医の診察では、主計長は全治一か月のむち打ち症と聞いたが、軍医もグルだったのではないか。航海長と主計長の診断書を見せられ、怪我をさせてしまった負い目から、イザヤは渋々、代役として出場することを了承したが、今日はじめて手渡されたコスチュームを着て確信した。

——わたしたちにこれを着せようと、ずっと前から準備していた……！

長い時間をかけて準備しなければ、こんな衣装が用意できるはずがない。クロトのわざとらしい演技も、全て今日このときのため。イザヤもミュウもまんまと騙され、恥ずかしい格好で公衆の面前に立たねばならない。

全部うっちゃって逃げ出すことも、もちろんできた。

けれどイベントは盛り上がっているし、水兵たちも士官組の演目を楽しみにしている。みんなが一体になれればうれしく思うし、なにより、クロトに仕返ししてやりたい。

——絶対、許さないぞ、クロト。

イザヤは燃え立つ瞳をクロトに据えて、いまだしっかりガウンの前を合わせたまま、ゴングを待つ。

司会者が進み出て、改めてコール。

「赤コーナー!!　我らが『東雲』艦長！　幼少期は富士吉田屈指のイケメン、ついたあだ名が『吉田のドンファン』……あずきー、すてーきちーーっ！」

捨吉がガウンを投げ捨て、鍛え上げられた肉体をさらす。

「○ねーーっ」「帰れーーっ」

「つづきまして、未来の連合艦隊司令長官！　我らが誇る天才参謀！　くろのーー、くろーーとーーっ!!」

クロトも一歩進み出てガウンを投げ捨て、そこそこ鍛えられた肉体をさらす。

「ぶーーーっ」「ぶーーーっ」「なんでお前が出るんだよ、スケベ参謀ーーっ」

作戦立案してもらった恩を忘れ、水兵たちは自らも出場したクロトへ容赦ない罵声を浴びせる。クロトは涼しい顔で片手をあげてブーイングに応える。

クロトの心中は。

――貴様らゲスにイザヤを触らせてたまるか。

――触って良いのは、世界中でおれだけだ。

ブーイングされても仕方のない思惑を抱きつつ、しかしそんな内心はおくびにも出さずに対角線上のイザヤへ目を送る。

「それではみなさま、お待ちかね青コーナーっ!!」

罵声の嵐は、司会者のひとことでたちまちぴたりと鳴り止んだ。

「我らが日之雄第一王女……。その美しさは比するものなく、生きながらにして世界三大美女に崇められ……。ひとたび艦隊を率いるや、憎きガメリア艦隊をばったばったと撃沈し……。いまやイザヤ・ザ・リヴァイアサンの勇名は世界中に轟いております！　みなさま……よろしいでしょうか……それでは声を合わせて……」

長ったらしい紹介文のあと、一呼吸溜めを置いてから、司会者はひときわ高く声を張る。

「しろのみやー、いざ――や――――っっ!!」

紹介と同時に、直前の練習どおり、イザヤは頬を真っ赤に染めながらも唇を毅然と引き結んでガウンを投げ捨てる。

現れたのは、前回のパイロットスーツ以上に全身にぴしりと貼り付き、しかも二の腕も太股もお腹も露わな破廉恥スーツ、もといリングコスチュームだった。

刹那――

「東雲」艦橋へ徹甲榴弾の直撃を受けてもかくや、と思わせるほどの爆発音が鳴り響いた。

もちろん火薬の爆発ではない。水兵たちの歓喜の叫び声だった。

「殿下――――っ」「殿下――――っ!!」「で――――ん――――か――――っ!!」

全員の思考回路が焼き切れて、もはや「殿下」としか叫べない。

目を血走らせて跪くもの、鼻血を噴き上げのたうつもの、前屈みになりいずこへか走り去るもの、慌てて画板をしつらえスケッチを開始するもの、さまざまな狂態が上甲板に入り乱れる。

イザヤは物怖じする様子もなく、リング外の地獄絵図へ全く注意を払わない。

クロトを成敗するために、多少の恥ずかしさは我慢する決意を完了している。

──わたしを騙したことを、必ず後悔させてやる……っ！

その場で軽く飛び跳ねながら身体をほぐし、クロトを睨み付ける。

「つづきまして……我らが『東雲』甲板長兼見張長……っ！　今日も明日も殿下のためにがんばる美少女くのいち……、とがくしー、みゅーうーーっ!!」

コールの途中で、ミュウは無造作にぽいっとガウンを捨てる。イザヤとはまた違ったデザインの破廉恥スーツがミュウの身体にぴったり貼り付いているのを確認し、ミュウちゃん倶楽部七名が悶絶する。

「似合ってる、似合ってるよミュウちゃーーん！」「超かわいい！　絶対、殿下よりかわいい！」

「うわーん、ぼく、ミュウちゃんと結婚したいお！」

声が聞こえているのかいないのか、そういうものに全く興味がむかないのか、ミュウは特段なんの感情も見せず、ぽつねんとリング上に佇むのみ。

ガーン。

バケツのゴングが鳴り響き、ついに捨吉・クロト組ｖｓイザヤ・ミュウ組の試合がはじまる。

先鋒はクロトとイザヤ。

ふたりは両手を前に掲げたレスリングスタイルのまま、じりじり互いの距離を詰める。

「で・ん・か!!　で・ん・かっ!!」

たちまちすさまじい殿下コールが夏空を震わせる。完全にヒール役となったクロトだが、意に介さない様子でイザヤと両の手のひらを合わせると、手四つの力比べに入る。

ぐぎぎぎ、と互いに歯ぎしりしつつ、台本どおり、徐々にクロトが押していく。力負けするイザヤが片膝をついて、のしかかってくるクロトの圧力に耐える。

「殿下――っ!!」「負けないで殿下――っ!!」「で・ん・か!!　で・ん・か!!」

熱狂的な歓声がイザヤへ届く。同時に、

「おれと代われ――」「カネ払うから代わってくれ――っ」「ゆ、指と指が絡んでるよ、ねえあれいいの!?　あんなことしていいの!?」

クロトには罵声と行動に対する疑問符が。しかしリング上の両者は罵声も声援も気にすることなく、

「はっ」

イザヤはいきなり背中をリングにつけて、巴投げ。

「うぬっ」

クロトはリング上に仰向けに叩きつけられ、イザヤはネコのように敏捷に空中高く跳躍すると、そのままボディプレス。

「うわ――っ」「ぎょえ――っ」「殿下、おやめくださいませ――っ」

攻勢をかけているというのに、観客席から悲鳴が湧き起こる。水兵たちはイザヤに組み敷かれているクロトがうらやましくて仕方ない。

「代わってくれ――――っ」「おれも殿下にそれされたいぃ――っ!!」

泣きながらそんなことを叫ぶ水兵に構うことなく、レフェリーのカウントが入る。

「ワン、ツー、ス……」

寸前でクロトはエビ反りになってイザヤをはね飛ばす。そして両者立ち上がり、再びの睨み合い。

特に見栄えもない凡庸な展開なのだが、リングの外は狂熱が吹きすさんでいた。

「うらやましくて死ぬ――――っ」「殿下もうおやめください〜っ」「えーん、えーん、ぼくもあんなふうにされたいよー」

怒り、嫉妬、そして慟哭。様々の感情が吹きすさぶなか、イザヤはおもむろに反転して台本どおり、ミユウにタッチ。同じくクロトも反転して捨吉にタッチ。

イザヤがリング外に出ると、やや狂騒も落ち着いてくる。歓声も途端に二段階ほどボルテージを落とし、ただミユウちゃん倶楽部七名の熱狂的な応援がやかましいほど響く。

「みゅ、う、ちゃん！　みゅ、う、ちゃん！」

手拍子に合わせて必死の応援。ミユウはなんの関心も見せず、台本どおり、勢いのないチョップや、たるみきったラリアット。これまでに何度もミユウの人間離れした格闘技術を目の当たりにしている水兵たちからすれば、リング上のミユウは全く見応えがない。熱を帯びるのはただ、ミユウちゃん倶楽部の応援のみ。

「ミユウちゃーーん!!」「かわいーーーーっ!!」「笑って、ミユウちゃーーーーん!!」

応援を背に受けて、ミユウは面倒臭そうに一通り台本どおりの技をこなすと、無表情に反転してイザヤにタッチ。同時に捨吉もクロトにタッチ。

たちまち、狂熱の嵐が上甲板(かんぱん)に舞い戻る。

「殿下ーーーっ!!」「殿下ーーーーーっ!!」「あのスケベ参謀、思いっ切りぶっ〇してください、殿下ーーーっ!!」

イザヤの相手を必ずクロトが務める展開に、早くもなにかを嗅(か)ぎ取った水兵たちが怨嗟(えんさ)の声をリングへ届ける。クロトは平然とした表情を崩すことなく、イザヤへ技を仕掛け、掛けられた技を受け止める。

「うあーーーっ、ちくしょーーーっ!!」「おれにもしてくれよーーっ」「なんでしてくれないんだよーーっ」「えーーん、えーーん、うらやましいよーーっ」

だんだん、客席はむせび泣くものが増えてきた。試合が進むほど、一体感が増すというより妬(ねた)みと悲しみが深まっていく。

しかしリング上のイザヤは客席の様子を全く気に留めない。

イザヤの念頭にあるのは今日ここに立った目的を果たすこと、それのみ。

——勝負はここからだ、クロト。

——わたしを騙(だま)したこと、後悔させてやる……!

クロトの書いた台本どおりの展開だと、このあとイザヤとミュウがクロトへドロップキックを放って3カウント、試合終了……の予定なのだが。

——その程度で終わらせてたまるか。

周到な策略にまんまと嵌められ、こんな衣装を着せられて出場させられた怒りを、クロトへ倍にして返してやらねば気が済まない。

イザヤはミュウを見やって、

「行くぞ、ミュウ!」

「はっ」

号令と同時に、イザヤはクロトの左腕へ、ミュウは右腕へ、それぞれ同時に飛びついた。

「おーーっと! この技はーーっ!?」

司会者が素っ頓狂な声をあげ、直後に観衆の高い悲鳴。

「うわーーーっ」「おやめください、殿下ーーーーっ!!」

リング中央では仰向けに倒れたクロトが腕ひしぎ逆十字固めを両腕に極められ、苦悶の表情をたたえていた。

イザヤは己の両足でクロトの胸部を押さえつけ、両足で挟み込んだクロトの左腕を両手で摑み、自らエビ反りになって関節と逆方向へ締めあげる。同じく右腕を極めたミュウも背筋を反らせてクロトの肘関節を破壊しにかかる。

「いだだだだだ――――――っ!!」

響き渡るクロトの悲鳴。だが観衆は。

「なに痛がってんだ、てめえっ!!」「喜べバカっ!!」「ちくしょー、なんだよお前、手が殿下の股間に挟まってんじゃねーかよ、おれと代われよちくしょ――――――っっ」

めちゃくちゃにうらやましがり、胸を掻きむしって悶絶している。

クロトの両腕はふたつとも、イザヤとミュウの股間に挟み込まれ、両方の手首は彼女たちの胸元あたりで極められている。胴体を押さえつける剝き出しの両腿もみずみずしくて、水兵たちはうらやましいことこのうえない。

だがしかし、やられている当人はそんなことを楽しむ余裕など微塵もなく。

「殺す気かっ!?　台本どおりにやれバカ女っっ!!」

歯茎を剝き出しにして叱責するが、イザヤは快心の笑みをたたえて、

「わたしを騙した罰だ、思い知れっ！」

そしていきなり極めていた左腕を外し、クロトを無理やり立たせると、ロープへぶん投げる。

「く……っ」

なすすべなくロープの反動で戻ってきたクロトへ、ミュウが足払いを一閃、空中で半回転したクロトの身体を、イザヤが見事な挙動で自分の胸に抱きとめる。

「おーっと、この体勢は――っ!?」

逆さまのクロトと正対し、イザヤは空中でクロトの背中へ両手を回してホールド、さらに両腿にクロトの顔面を挟み込むと、空中で正座の体勢となり、クロトの頭頂部をリングへ打ち付ける。

どごっ、と鈍い音が響き渡り、

「パイルドライバーーっっ!! これは決まったーーーっ!!」

司会者の絶叫に、観衆の慟哭が返る。

「うわーーーっっ」「ぎゃーーーーっっ」「うらやましすぎっだろーーーーっ!!」

イザヤは飛び退く。

リング上には、白目を剝き、口から泡を吹き出すクロトが仰向けとなり。

すぐさまイザヤはクロトに覆い被さる。

「いいな、ちくしょーーーーーっっっ」

「ワン、ツー、……スリーっ!! 勝者!! 白之宮・戸隠組!! 担架、担架!!」

司会者の叫びと一緒に、軍医が担架と共にリングへ上がり、クロトの脈を確認。生きていることを確認し、焦りながら医務室へ運んでいく。

「やり過ぎてしまったかな」

騒然とする会場を尻目に、運ばれていくクロトをやや心配そうに見送って、イザヤはミュウへ目をむけるが、

「当然の報いです」

無慈悲な答えが返るのみ。

「それでは採点に入ります！　審査員、得点をどうぞ！」

リング下の審査員三名が紙に得点を書きつけ、一斉に掲げる。

「士官組、得点！　百十一！　百二十八！　三百九十！　合計、六百二十九点！　満点の二倍以上です、文句なし、優勝は士官組っっ‼」

興奮した司会者の宣言と同時に、すさまじいコールが上甲板に吹き荒れる。

「で・ん・か‼　で・ん・か‼」「ミュ、ウ、ちゃん‼　ミュ、ウ、ちゃん‼」

戦闘時の砲声にも匹敵するすさまじい歓呼が、リング上のイザヤとミュウに注ぎ込む。

イザヤは恥ずかしいような逃げだしたいような微妙な表情で片手をあげて歓声に応え、一方のミュウは我関せずの表情で地蔵のように佇むのみ。

優勝のトロフィーが手渡され、両手で頭上に掲げると、「写真班」の腕章を巻いた山田餅太郎一等水兵がリング上へ上がって、

「殿下、少尉、おめでとうございます！　記念写真を撮りますから、笑顔でピースを！」

急かすように言う。カメラをむけられ、思わずイザヤは、

「あ、あぁ」

ぎこちない笑顔をたたえ、たどたどしくピースする。しかし傍らのミュウが動かない。

刹那、山田は血走った両目を見開き、顔面を紅潮させ、きしゃああ、と頬が裂けるような憤怒の表情をたたえて、

「戸隠少尉も!!! 笑顔でピースを!!!」

鬼をも殺すようなすさまじい気迫をミュウへ叩きつける。

「お、怒るな、怖い。ミュウ、写真撮るから、笑顔でピースだ」

イザヤが傍らを促す。ミュウは無表情の奥に明らかな困惑をたたえ、

「……笑顔…………したことがありません」

ぎこちなく、こぼす。

「ちょっと目をあけて、口元を緩めてみるんだ。こんなふうに」

お手本をミュウへ投げかけると、いつも閉じているミュウの片目がわずかにひらき、イザヤの笑顔を瞳に映した。

「……こう……ですか?」

ほんの少し両目がひらき、口元がぎこちなく波打っただけで、笑顔というより汚いものに触っているような表情なのだが、これがミュウの笑顔ということでいいだろう。

「うん。それから、両手でピース!」

「……ピー……ス……」

いかにもイヤそうに、ミュウはイザヤを見習って両手でピースを象ってみせる。

「最高でございます、おふたかた――――っっ!!」

山田はいきなり感極まって、貴重なふたりのピース写真を撮影する。

「で・ん・か!! で・ん・か!!」「ミュ、ウ、ちゃん!! ミュ、ウ、ちゃん!!」

観衆たちも、奇跡の写真撮影に成功した喜びを歓声に映し、涙ながらにふたりを讃える。

「黒之閣下、ありがと――――っ!!」「閣下、最高で――――す!!」

そしていまさら、医務室送りになったクロトへも感謝の言葉が投げかけられる。なんだかんだで不可能と思われた写真撮影に成功したのはクロトのおかげだ。上甲板の盛り上がりはいつまでもやむことなく、夏空へ何度も何度も、高い歓呼が響きつづけた……。


夜も更けて、士官も水兵も寝静まったころ。

「おーい。生きてるか――」

イザヤはひとりで医務室を訪れ、いまだ寝たきりのクロトを見舞った。

軍医はすでに就寝し、医務室はふたりきり。

寝間着に着替えたクロトは首にコルセットを巻いて、天井を見上げたまま、ベッド脇に腰掛けたイザヤへ片目を送る。

「殺す気か、貴様……」

恨み言へ、イザヤは勝ち気な笑みで応える。

「お前が悪い。全部、わたしたちをあの場に引っ張りだすための計画だろう？　出て欲しいなら変な計略を用いずに、普通に頼めばいいじゃないか」

「……ふん。……貴様が素直に従うタマか。ああでもしなければ、絶対に出場しなかった」

「勝手に決めつけるな。兵員が喜ぶことならわたしだって協力するさ。変なことでなければ」

ウソをつけ、とぶっきらぼうに言い放ち、クロトは不機嫌そうに天井を仰ぐ。

機関の轟きが、おんおんと遠く響いていた。

船窓に丸く切り取られた月光が、ベッドへ深く斜めに差し込んだ。

「お前さあ」

イザヤがぽつりと切り出した。

「なんだかんだ言いながら結局いつも、水兵の願いごと聞いてやってるよな」

「…………なんだそれは。…………文句があるのか」

「いや、文句ではないけど。でも、放ったらかしにしないから、意外だと思って」

「……あいつらがやかましいから仕方なく協力してやっているだけだ。別にうっちゃっても構わんが、そうするとあいつらは平気で手を抜くからな。命令に従わせるためには、エサを投げ与える必要がある」

クロトのぶっきらぼうな答えを、イザヤはにやにやしながら聞く。

「へえ。そうか」

「……なんだ、その顔は。言いたいことがあるなら言え」

「別にぃ」

「なにがおかしい。なぜ笑う？　不愉快だ、はっきり言え」

イザヤは笑いを嚙み殺し、昔のことを持ち出してみる。

「もう二年くらい前か。お前が『井吹』に着任したときの、リオの言葉を思い出してな」

「……？」

クロトは記憶を探ってみる。

ちょうど二年前の七月、クロトは「井吹」に乗り込んで、着任の際、上甲板に居並んだ水兵たちへ「貴様らと馴れ合う気はない。おれに構うな」と挨拶した。水兵たちは体操着のリオとイザヤに夢中で生返事を寄越しただけだが、そのあとリオがこんなふうに言った。

『クロちゃんは普段はツンツンしてるけど、そのうちきっとデレデレするから、みんなよろしくね！』

思い出して、クロトは仏頂面を深くする。

「おれはデレデレしていない」

天井を仰ぎながら吐き捨てるが、イザヤはますます、くすくす笑う。

「そうかなあ」

バカにしたようなその返事に、クロトはこめかみに血管をたたえ、

「なんだ貴様。まさかおれが水兵どもに情を覚えて、願いを聞いてやっていると思っているのか。みくびるなバカ野郎、あいつらはおれにとって使い勝手のいい道具に過ぎん……！」

「はいはい、そうそう。その道具とよくごはん食べたり風呂に入ったりしているけどな」

「あ、あれは連中がしつこく誘うから、仕方なく付き合っているだけで……」

クロトの言い訳が、イザヤはおかしくて仕方ない。笑ってはかわいそうだと思いつつ、しかし自然に頰(ほお)が緩んでしまう。

「な、なにを笑っているのだ貴様っ。お、おれは本当にあんな奴ら、死のうが生きようが関心など全く……」

顔を真っ赤にして反論してくるクロトが、ますますイザヤの琴線(きんせん)を刺激する。イザヤは椅子(いす)を降りて、両膝(ひざ)を床につき、両肘をベッドに置いて、間近からクロトの顔を覗(のぞ)き込み、ほっぺたを片手でつねる。

「素直になれ。本当はみんなのことが好きなんだろ？　ん？」

「な、なにをしているのだ貴様。やめろ、つねるな」

イザヤはにやにや笑って、顔をますます近づける。

「正直に話せ。部下がかわいいから、お願いされると断れないんだろ、ん？」

問いかけながら、クロトの頰に拳(こぶし)を押し当て、ぐりぐり動かす。

「ぐりぐりするなっ。おれは怪我人だぞっ」

「素直じゃないなあ」

「なにを言っている!?　やめろ、ぐりぐりするなっ!!」

クロトは顔を真っ赤にして怒鳴りつけるが、イザヤはからかうのが楽しくて仕方ない。

クロトの本心は、ある人物の告白によってわかっていた。

今日、試合が終わって、写真撮影が終わった直後。

突然、小倉料理長がイザヤの足下に駆け込んできて、泣きながら土下座した。

懺悔したいことがある、というから、着替えて長官室でふたりになり、料理長の話を聞いた。

そこではじめて、クロトが料理長と裏取引をして、今回のプロレス大会を企画するに至ったことを知った。

『黒之閣下は、白之宮殿下にガメリア南部料理をごちそうするために、手間暇をかけてこの大会を企画してくださいました！　このところ殿下がお疲れのご様子であるのを閣下はとても気にかけておられ、わたしはそこにつけ込んだのです！　全ては、秘密裏に戸隠少尉の写真を入手しようとしたわたしの責任！　どうか、黒之閣下をお許しくださいませっ』

クロトがイザヤに公衆の面前で成敗されてしまったことが、料理長はこころ苦しくて仕方なかったらしい。クロトを策謀に巻き込んだのは全て自分の責任である、と泣きながら訴える料理長をイザヤは許し、それからずっと、胸の奥が温かい。

――お前、覚えてたんだな、あのときのこと。

十六才の春、アナスティング士官学校を卒業したイザヤは、ニューヨークで投資家として働いていたクロトのもとを訪れ、ふたりで侍従を出し抜いて、庶民むけのダイナーへ入った。そこで出されたチリドッグとガンボがとてもおいしくて、イザヤはクロトがうらやましくて仕方なかった。

――そうだったのか。あれをわたしにごちそうしたくて、お前はこんな真似を……。

いま、医務室でクロトのほっぺをぐりぐりしながら、イザヤは思う。

――本当はいいやつだよな。

そんな言葉が喉元まで込みあげるが、言わない。それを言ってしまうとクロトは意固地になって、わざとひねくれた態度で周囲へ接するようになるから。

「めんどくさいやつだなあ、全く」

頬をぐりぐりしながら、イザヤは微笑みかける。

照れているのか、居心地が悪いのか、薄気味が悪いのか、クロトはあからさまに表情を歪めて、言葉を粟立たせることしかできない。

「貴様、頭でも打ったのか!?　お前も診察を受けろ！」

「うんうん、素直になれ、そんなに片意地張らなくていいからさ」

「なにを言っているっ!?　やめろ、笑うな、どっか行け！」

クロトは怒声を発するが、イザヤは構うことなく、頬をつねったり、つんつんしたり、赤ん坊みたいにかわいがる。

「なんなのだ貴様っ!?」

「さあな。なんなんだろうな」

イザヤは微笑みをたたえ、そのまま夜遅くまでクロトとじゃれあっていた。


一方、飛行駆逐艦「東雲」兵員居住区では——

「ふお——っ!! 殿下——っ!!」「かわい————っ!! 殿下——っ!!」「これマジいままで一番破廉恥かわいい!! 殿下——っ!!」

盗撮家、山田餅太郎一等水兵が公式・非公式に撮影した今日のイザヤ・ミュウ組の写真四十六枚が壁一面に張り巡らされ、そこへ目を血走らせた水兵たちが群がって歓声をあげていた。

写真はほとんど、破廉恥スーツに身を包んだイザヤのもの。入場するイザヤ、ボディプレスするイザヤ、クロトへパイルドライバーを仕掛けるイザヤ……。これまで見たことのないイザヤのすがたを目の当たりにし、泣きながら平伏する水兵もなかにはいる。

「奇跡じゃ、奇跡じゃあ」「殿下がこんな破廉恥な衣装を着て、こんな大胆な姿勢を取ってられる……。わしゃあ、もういつ死んでも後悔はないわい……」

歓喜のあまり一気に老け込んでしまった水兵も出るなか、今回のプロレス企画を取り仕切った実行委員会の下士官が精悍な声を張る。

「艦内設備に限界があるため、焼き増しは本土上陸の後に行われる！　各員、希望する写真の番号を係員へ伝えておくように！」

たちまち係員の前に黒山のひとだかりができ、おのおの注文票に焼き増しを希望する写真番号を書き込み、水兵の給料からすると高額すぎる写真代を惜しげもなく支払う。

水兵たちは基本的に軍艦で生活するため給料は使いどころもなく貯まる一方、しかもいつ死ぬかもわからない身だから、貯めていても得しない。大半の水兵が家族に仕送りする分だけを残し、あとは全部、イザヤの写真代につぎこんでしまう。

「早く上陸したいよーっ」「こんな殿下やあんな殿下が、ぼくだけのものに！」「おれ、家宝にして祀るよ。子々孫々に受け継いでいく……」

狂騒の片隅で、ミュウちゃん倶楽部の精鋭七名はミュウがメインに撮影された写真に釘付けだった。無造作にガウンを脱ぎ捨てるミュウ、やる気のかけらもないチョップを棒立ちで繰り出すミュウ、イザヤと一緒にクロトに腕ひしぎ逆十字を仕掛けるミュウ……。肌に吸い付くコスチュームを着たミュウが、淡々と無表情に戦っている。

しかしミュウちゃん倶楽部七名にとって、こんな表情豊かなミュウは観たことがなかった。

「この戸隠少尉、楽しそう！」「ここの少尉、ちょっと笑ってるよね！」「ここ、絶対黒之中佐の腕を折りに行ってるよ！」……等々、様々の感想が咲き乱れるが、やはり人気は、四十六番の写真だった。

「戸隠少尉の笑顔だ――っ!!」「すごい、ミユウちゃんが笑ってる！」「やだもうかっわいい、ミユウちゃん、最高……」

イザヤとミユウがふたり並んで笑顔でピースする奇跡の一枚を前にして、小倉料理長はあふれる涙を拭うことなく、いつまでも立ちすくんでいた。

「ミユウちゃんが一番かわいい……。もはやいつ死んでも悔いはありません……」

ミユウの表情は笑顔というより、気持ち悪い虫を無理やり触らされているかのような微妙なものだが、ミユウちゃん倶楽部の七名には一様に笑顔として認識された。

「黒之閣下のおかげだ……。やはりあのかたは天才なのだ。まさか本当に戸隠少尉のこんな写真が手に入るなんて……」

小倉料理長は傍らの会員へ語りかけながら、クロトへ感謝する。無愛想でぶっきらぼうで唐変木だが、これまで何度も水兵たちの願いを聞き入れ、叶えてくれたクロトのことを、本当に尊敬している。

「これからもミユウちゃんを応援するぞっ」「ミユウちゃん最高、愛してるっ!!」「がんばれミユウちゃん、戦えミユウちゃん、ファイト――っ」

会員たちと声をそろえながら、小倉は改めて決意する。

――わたしの全力を以て最高のガメリア料理をおふたりにお出しせねば。

異国の食材集めは大変だが、明日、來湾の阿里基地に寄港するからそのとき入手すればいい。イザヤにはすでに懺悔を行い、ディナーの承諾を得ている。あとはクロトが素直に応じれば、つつがなくふたりきりで食事を楽しんでもらえるだろう。

――わたしからの、せめてもの恩返しです、黒之閣下……！

こみあげてくる熱い想いを噛みしめながら、料理長はさっそくメニューの選定と、來湾で入手すべき食材のリスト作成を開始した。

一方、兵員居住区隣の乾物庫では――

水兵の動向を探るべく、木箱の隙間に潜り込んだミユウが壁に耳を押し当て、バカ騒ぎの内容を聞いていた。

プロレスの真の目的は案の定、イザヤの写真撮影だったことはすでに察知した。あとでイザヤに報告せねばと思いつつ、水兵たちのがやがや声のなかにちらちら混ざり込む気になる会話に耳を澄ます。

『戸隠少尉の笑顔だ――っ!!』『すごい、ミユウちゃんが笑ってる！』『やだもうかっわいい、ミユウちゃん、最高……』

ほとんどがイザヤにむけられた情欲の叫びのなか、ほんの一部、ミュウの名を呼ぶものたちがいる。

なぜ自分のことを話しているのか、ミュウにはよくわからない。

だが確かに今日、しょうもない演目をやらされている間、七名の水兵が声を合わせてミュウの名前を呼んでいた。

なにやら、身体の内奥がむず痒い。

経験したことのない居心地の悪さが内側から湧いてくる。

自分の状態が摑めなくなって、ミュウはいったん、壁から耳を離した。

くのいちたるもの、任務中に平静を失えば命取りになる。いかなる状況が生起しようと取り乱すことなく落ち着きを保つ訓練を幼いころから受けてきた。

だがいまのこれは、いったいなんだ?

『ミュウちゃんが一番かわいい……。もはやいつ死んでも悔いはありません……』

壁から耳を離しているのに、ミュウはそんな小声まで聞き分けてしまう。

ミュウの眉間にうっすら皺が寄る。

——わたしが……かわいい……?

そんなわけがない。自分は存在しながら存在しないもの、人間の認知の対象外。モノとして主の至近に配置され、モノとして戦い、モノとして壊れ消えゆく存在。誰の記憶にも残らなくていいし、残ってしまったらそれは忍びとして未熟さの証。

——そんなわたしを見て、かわいいなどという人間がいるわけ……。

『これからもミュウちゃんを応援するぞっ』『ミュウちゃん最高、愛してるっ!!』『がんばれミユウちゃん、戦えミユウちゃん、ファイトー——っ』

いきなり——

ぽっ、とミュウの頰が赤くなる。

なんだか、恥ずかしさがこみあげてくる。

悪いことをしたかのようにうなだれて、頰を両手で叩き、深呼吸。

むず痒そうな顔を上げて、木箱の隙間から忍び出た。

——調子がくるう……。

さっさと長官室へ戻って、イザヤにこのことを報告しよう……。

二日後。

來湾、阿里基地。

「うわ、すごい。懐かしいなー」

「東雲」長官室にて、イザヤはテーブルに並べられた湯気の立つガンボとソースがたっぷりかかったチリドッグを前にし、目を輝かせた。

丸窓のむこうはもう夜だ。壁の燭台が灯されて、淡い琥珀色の光が対面するイザヤとクロトを包んでいる。

小倉料理長自らが給仕しながら、説明する。

「黒之閣下からかねてからご所望であったのですが、なかなか食材が手に入らず……。ですが昨日、來湾の市場でパンやウインナーが手に入り、ものは試しと作ってみました。あいにくふたり分しかないため、提供できるのは今日のこれだけです。おふたりともガメリアで生活されていたとのことですので、きっと楽しんでいただけるかと……」

料理長の説明を、クロトはうさんくさそうに聞き流す。

クロトからすれば、特にイザヤとふたりきりで食事させろ、などと頼んだ覚えはないのだが、なぜかふたりで着席している。

うれしくないのか、と問われたら、素直にうれしいのだがしかし、頼んでもないことを勝手に忖度されたようで、なにやら居心地悪い。だからクロトはずっと仏頂面で、気に入らなそうにテーブルを見つめるのみ。

「なんて顔してんだ、お前？　うれしくないのか？　お前の好きなメニューだろ？」

対面のイザヤが怪訝そうに聞いてくる。

クロトは仏頂面を崩さないよう気をつけつつ、

「……かねてから、機会があればホットドッグなど食してみたい、と料理長に言っていたのは事実だ。……実現するとは思っていなかったが」

「素直に喜べ。小倉料理長、みごとな手腕だ。まさか艦内でガメリア料理がいただけるとは思わなかった。できればみんなにも、今日はおいしいものを振る舞ってほしい。ここまで無事に航海できているのは、みんなのがんばりのおかげだから」

「はっ！　市場で魚が手に入りましたので、水兵には焼き魚を振る舞います！　おふたりには食後に來湾ビールも用意しました、どうかごゆっくりお召し上がりくださいませ！」

小倉は一礼して長官室を出ていった。

部屋にはクロトとイザヤ、ふたりだけが残される。

イザヤは手を合わせ、

「いただきます」

「……いただきます」

ふたりそろってチリドッグを持ち上げ、ぱくり。

イザヤの表情が明るく輝く。

「うわー、この味なつかしい！」

「……うむ。……なかなかやりおる」

クロトも若干(じゃっかん)、感心した表情でチリドッグを眺め、ふたりでもう一度ぱくり。

「うまいよ！　ニューヨークで食べたあの味にそっくりだ！」

タマネギとピクルスの絶妙な塩梅、ミートソースの芳醇な旨味。噛むと肉汁が溢れるウインナーは料理長の自作だそうで、燻製はボイラーの蒸気を利用したとのこと。

「……このチリソースはオリジナルレシピか？　……あの料理長、性癖は難があるが、腕は確かだ」

滅多に他人を褒めないクロトが珍しく小倉を褒めて、つづけてガンボへ挑む。

こちらもまた。

「うまいっ!!」

イザヤはにこにこしながら、香辛料たっぷりの豆スープをスプーンで持ち上げ口へ運ぶ。

「……本場と区別がつかない。あの料理長、なにものだ……？」

クロトも首をひねりつつ、的確に配合されたスパイスに唸りを発する。

「うまいなあ。みんなにも食べさせてあげたいな」

「さすがに敵性料理を配膳するわけにはいくまいが……。食わせてやれば喜ぶだろう。ジェシーの店に遜色のない味わいだ」

「懐かしいな。あの店でお前と食事したの四年前だけど、もう十年以上も昔のことのように思えるよ」

「……そうだな。……ずいぶんいろいろなことがあった……」

懐かしい味わいに気持ちがほぐれて、クロトも知らず昔のことを顧みる。

ニューヨークで投資家として活動していたはずが、カイルに裏切られ、そのカイルがイザヤを狙っていることを知り、それに憤慨して日之雄に戻って軍艦に乗り……。

いまこうして、イザヤとふたり、飛行駆逐艦の長官室でガメリア料理を食べている。

「妙な運命だ」

ぽつり、と言葉が勝手に洩れた。

ん？　とイザヤがチリドッグにかぶりついたまま目だけ上げる。

「……いや。なんでもない」

部屋を充たしている琥珀色が、妙に感傷的な気持ちを運んできていた。がらにもなく過去を振り返ったことを、クロトは自嘲する。

遠くから哨戒機のプロペラ音が伝い、消えていった。揺らめく燭台の明かりが、他愛ないことを喋りながら食事するイザヤを空間に淡く浮き立たせている。

——心地いい。

そんなことをしみじみと思う。開戦以来二年間、ひとときも休まるヒマもなく軍務に明け暮れて今日まで来た。いま、イザヤとふたりきりの夕食が、自分でも驚くくらいに安らげる。

——ずっとこんな日がつづけばいい……。

そんな素直な感想が、クロトの胸中にこぼれ落ちる。

なぜ戦争などしているのか。大切なひととふたりで食事をすることが、なぜ当たり前ではないのだろう。戦争などなければ、イザヤとこうして毎日、好きなものを食べ、好きなことを語り合えるのに……。

「どうした？」

不意にイザヤに問われて、クロトは我に返って視線を前へ戻す。

「うぬ？」

鼻先で問いを投げ返すと、イザヤが怪訝そうに、

「いきなり憂い顔で固まってたぞ。やなことでも思い出したのか」

どうも内面が表情に出てしまっていたらしい。クロトは即座にいつもの仏頂面を取り戻し、

「……ふと昔を振り返ったら、思い出したくもないヤツを思い出してな」

ごまかす。イザヤはすぐに誰のことなのか理解して、

「カイル・マクヴィル氏のことか。ガメリア民主党候補に選出されたそうだな。本当に大統領になりかねない勢いだ」

「……このままいけば、なるだろう。政治経験がなくとも、あいつにはカネと現大統領の推しがある。マスコミも傘下に収めているため、世論操作も自由自在。よほど戦局が悪化しない限り、まず負けることはない」

「……なるほど。……そうか」

イザヤは短く答え、最後のスープを口へ運んだ。

今度はイザヤが黙考に沈む番だった。

カイルの名前が出たと同時に、あの懸念が蘇る。

──あの話……まさか本当なのではあるまいな……。

一年半ほど前、マニラの高級ホテルで現地有力者との懇親会が行われたとき。

特務工作員、ユーリ・ハートフィールド少尉とクロトの会話を小耳に挟んだイザヤは、カイル・マクヴィルがあろうことかイザヤを手に入れるために大統領に立候補しようとしていることを知った。耳を疑う話だが、クロトに確認すると渋々ながら事実であることを認めた。

そんな人間が存在するわけがない。アホか。バカか。真面目に考えるに値しない。

そう切り捨てていたものの、事態がこうなってくると、冷たいものが背筋を伝う。

『本当にヤツが大統領になり、貴様を名指しで望んだとしたらどうする？　貴様の身柄と引き替えに戦争をやめてやろう、などと言い出したなら……』

あのときクロトに問われた言葉が、もう一度、イザヤの耳の奥に鳴った。

そして、横からユーリに問われた言葉も一緒に。

『黒之少佐が日之雄に戻ったのは、カイル氏から白之宮殿下を守るためなのですね』

無造作に投げつけられた爆弾に、あのときイザヤもクロトも固まってしまい、全てをうやむやにしたままあの場から逃げ去った。

それから、また、とある出来事を思い出す。

去年の八月――インディスペンサブル海戦。

突如出現した敵飛行戦艦「ヴェノメナ」に壊滅寸前にまで追い詰められたあの戦いの際。

イザヤは自らの視点を切り離して「飛廉」の衝角攻撃を成功に導いた。だが帰るべき肉体の位置を見失い、視点だけで空域をさまよっていたとき、クロトの言葉をはっきりと聞いた。

『お前が偉そうにふんぞり返っていれば、それでいい』

『それ以外のものは、いらん』

『お前がのほほんと暮らすために、戦っているのだ』

言葉が聞こえたと同時にイザヤの視点は肉体へ戻り、自分がクロトの胸に抱かれて無人島の砂浜に横たわっていることを知った。

イザヤは無意識のふりをしつづけた。クロトの言葉は聞こえなかったことにした。だからクロトは、あの言葉がイザヤに届いていることを知らない。

突然――

かあっ、とイザヤの頬が赤くなった。

なにやら、むず痒いような、恥ずかしいような、でもうれしいような、心地良いような、よく意味のわからない感情がじんわりと、身体の中枢から湧いてくる。

「…………？」

今度はクロトが怪訝（けげん）そうに、イザヤの様子を片目で見やる。イザヤは真っ赤な顔を伏せて、おのれの内面から込みあげてくるものを抑えようとするが、うまくいかない。

「……なんだ？　顔が赤いぞ。食いものが詰まったのか？」

「い、いや、なんか、ちょっと……」

イザヤはもにょもにょと口先でごまかし、何度か深く息を吸い、吐いて、感情を制御しようと努める。

「…………………」

クロトはそんなイザヤの様子をうさんくさそうに見やるのみ。なにごとかイヤミを紡（つむ）ごうとしてみるが、途中で思い直して言葉を潰（つぶ）している様子。

「……悪い。大丈夫だ。ちょっと、変なことを思い出して」

イザヤはかろうじてそんな言葉でごまかす。クロトはそれ以上問いただすこともせず、仏頂面（ぶっちょうづら）のままテーブルの呼び鈴を振って艦橋付き従兵を呼び、食器を下げさせた。

「こちら、小倉（おぐら）料理長から差し入れです」

従兵はかしこまった態度で、テーブルに山盛りのフライドポテトとビール瓶を二本置き、クロトとイザヤの目の前にそれぞれグラスを供した。一礼して出ていった従兵を見送り、イザヤは変な雰囲気を変えようと、

「もう二十歳だし、飲んでみるか？」

「……酒か。飲んだことはないが……」

「わたしもだ。お互いはじめてだな。いい機会だし挑戦してみよう」

イザヤはクロトのグラスに手ずから注ぐ。

「うぬ……」

泡立つ黄金色の液体へ、クロトは目を眇める。

「乾杯」

ふたりはグラスを合わせ、はじめてのビールを飲んでみる。

「ぐ……」

「ぬ……」

ふたり同時に眉をしかめて、

「……これ、うまいのか？」

「……わからん。とりあえず苦い」

お互い怪訝そうな顔を見合わせ、ともかく残ったものを飲み干す。

「……うん。おいしいとは思わないが……不味くもない」

「……うむ……。水兵どものようにがぶ飲みしたくはないが、出されたら仕方なく飲んでやってもいい」

微妙な感想を交わしつつ、あつあつのフライドポテトをつまんでみる。

イザヤの表情が再び輝き、

「揚げたて、うまいっ！」

「うむ。これは毎日でも食える」

艦内での食事は基本的に、塩を振ったおにぎりと味噌汁だけだ。単調な食事に飽きていたふたりは瞬く間に山盛りポテトをたいらげて、

「従兵、ポテトとビール追加できるか」

「はっ、お待ちください！」

従兵はすぐに烹炊所へ駆けていき、追加のフライドポテトを注文。十分ほどで到着する。

「うまいなー」

右手にポテト、左手にグラス、イザヤはご満悦の表情で、今日何度目かの同じ言葉をクロトへ投げる。

しばらくつつがなく歓談し、ふとクロトは気になる。

「……貴様、飲み過ぎではないか？」

クロトはグラス二杯のビールを飲んだが、イザヤはすでに五杯目くらいだ。

「え？　そうか？」

「……うむ。なにやら顔がまた、紅潮しているようだが」

「えええ……？　気のせいではないか？　わたしは普段と変わらないぞ」

　イザヤはそう言って、ご機嫌の表情でグラスの中身を飲み干す。そして手酌でビール瓶の中身を注ごうとして、からであることに気づく。

　イザヤは呼び鈴を揺らして従兵を呼び、

「ビール追加～」

　従兵は長官室の扉前で背筋を伸ばし、

「申し訳ありません！　ビールの在庫がなくなってしまいました！」

　イザヤは胡乱そうに従兵を見やり、

「えええ……？　もうない……？」

　悲しそうに語尾を湿らせる。従兵は毅然と胸を張って、

「日之雄酒でよろしければ、あります！」

「やったー。では頼む」

「ははっ！　お待ちくださいっ!!」

　従兵はかしこまって反転し、烹炊所目がけて駆けていく。

　イザヤは閉ざされた扉を見やって、クロトへ目線を戻し、ぽわん、と音の出そうな緩んだ笑みをたたえる。

「ビールもうないってさ」

　そしてポテトを指先でつまみ、口の中へ放り込んで、頬杖をつき、

「お酒、早く来ないかなあ……」

溜息混じりの言葉を発する。

一連のイザヤの様子を観察してから、クロトは両方のこめかみを親指と人差し指で支え、うなだれる。

「おい……貴様……酔っぱらっているぞ……」

宣告すると、「ん？」とイザヤは微笑んだまま小首をひねって、

「酔ってないよ」

緩んだ言葉を紡ぐ。

クロトは真剣にイザヤを見やり、

「……いや。……貴様、もうそれ以上飲むな」

「なんで？」

疑問を投げるその蕩けた表情がすでに、酒に支配された人間のそれだった。

「……悪い予感がする。……そのくらいでやめておけ」

「クロトは心配性だなあ」

イザヤの言葉と同時に、従兵が日之雄酒の一升瓶とおちょこを抱えて戻ってきた。

「お待たせいたしました！　白之宮殿下が飲まれるということで、料理長が特別に、とっておきを供出されました！」

「でかした！　小倉料理長、明日から艦長に昇進！」

「はっ！　伝えます！」

「伝えるな。おい従兵、イザヤは酔っぱらっている。このことは黙っていろ」

「はっ、黙秘いたします！」

生真面目そうな従兵はそう言って退室し、イザヤはさっそく一升瓶を手酌で注ぐと、ぐいっと飲み干す。

「うむっ！　なんかわからんが、うまいっ！」

「なんかわからんものがうまいのか……。さてどうしたものか」

クロトは悩む。この酔っぱらったイザヤを長官室の外へ出して衆目へ晒せば、たちまち艦内はおろか艦隊にまで醜聞が広まってしまう。艦隊司令長官にとって「威厳」は命令を遵守させるための武器であり、酔っぱらってアホな言動を取るような司令長官はたちまち部下からバカにされ、統制が乱れる。

「酔いが覚めるまでここにいろ。それ以上飲むな」

クロトの忠告へ、イザヤは凄艶な笑みを返して、

「クロトも飲もうよ」

おちょこに注いだ酒を突きつけてくる。

「……いや。貴様、もうやめておけ」

「飲もうよ～」

イザヤは半笑いで身をよじらせ、甘えた声を出す。

クロトの心中を、冷たい汗が伝う。

――誰だ、こいつ。

幼なじみだから、イザヤのことはたいがい知っているつもりだった。

しかしいま目の前で身をくねらせるイザヤは、クロトの知らないイザヤだ。

「お前が飲まんなら、わたしが飲むぞ～」

ビールのグラスに日之雄酒をなみなみと注ぎ、蕩けた表情で一気に飲み干す。

口元を腕でぬぐってから、イザヤは微笑む。

「楽しいなあ。いい気持ちだあ。こんなに楽しいのいつ以来かなあ」

「……うむ。……それはなにより。ところでその一升瓶をこちらへ寄越せ」

クロトの伸ばした手の先で、イザヤは我が子のように一升瓶を胸に抱きとめ、

「ダメだ。お前が飲むまで渡さないぞ」

からかうようにそう言って、挑むように瞳に力を入れる。

「……飲んだら渡すか」

「うん。絶対渡す」

「……注げ」

クロトは自らおちょこを差し出し、注がれた一杯を一息に飲み干す。

「……飲んだぞ。寄越せ」

「いやだ。絶対渡さない」

言っていることがめちゃくちゃだ。クロトは椅子から立ち上がり、瓶を取り上げようとイザヤの隣へ歩み寄り、片手を差し出す。

「駄々をこねるな。それをこっちへ寄越すのだ」

「いやだ。一緒に飲もうよ、クロトぉ」

イザヤはクロトの袖をつまんで、甘えた声を出してくる。

自分の傍らを顎で示し、笑顔を持ち上げる。

「そこに座れよう。一緒に飲みたいよぅ」

少し潤んだ瞳、いつもの険しさの剝げ落ちた、無垢な微笑み。すがりついて甘えるその声もどこか、艶めいた色を帯びていて。

——くそっ、かわいい……。

クロトはそんなことを思ってしまう。

イザヤはいつも凜々しさの鎧を着込み、毅然とした態度を崩さない。悪化する一方の戦局にあって、イザヤは王族として、艦隊司令として、常に緊張の糸を張っていなければならない立場だ。リオがいなくなったいま、たったひとりで王族の威厳を保つすがたはときに、いまにも壊れそうなくらい痛々しい。

——その反動が、これか……。

幼子みたいに無垢な笑顔で一升瓶を抱え、クロトの袖を引っ張っているイザヤが、なにやら哀れにも思えてきた。思い返してみれば、御学問所に通っていた子どものころのイザヤはこんなふうに、無邪気で元気で明るい少女だった。酒の力で幼児退行してしまい、あのころのイザヤが戻ってきたらしい。

——仕方あるまい。少しくらいは、付き合ってやるか……。

クロトは観念して、イザヤの隣に自分の椅子を持ってきて、おちょこを手にした。

「その瓶をあけたら、もう飲むな」

「わーい、やったあ。飲もう飲もう」

イザヤは笑顔をたたえ、クロトへお酌する。瓶を空けるまで付き合うだけだ、あとで従兵に水を持ってこさせ、イザヤの酔いを醒ましてから長官室を出ればいい……。

一時間後。

「おさけ、もう一本～」

「はっ！　こちら、小倉料理長から差し入れの、イカゲソであります！」

従兵が差し出したイカゲソを受け取り、イザヤは朗らかに笑う。

「偉いっ！　小倉料理長、総理大臣に任命！」

「はっ、伝えます！」

「伝えるな。おい従兵、本当に誰にも言っていないだろうな⁉」

いまだ自我を保っているクロトの問い詰めに、従兵はやや戸惑いながら応える。

「言っておりません！　ですが、烹炊所の主計兵は、長官室の食事が盛り上がっていることは察し、大変盛り上がっております！」

ぐぬぬ……とクロトは歯がみする。これだけ酒の注文が繰り返されれば、クロトとイザヤの食事が順調であることは隠せない。だがイザヤが泥酔していることはなんとしても隠さねば。

「……おれが飲んでいることにしろ。イザヤの酩酊はここだけの秘密だ」

「はっ！　誓って口外いたしません！」

従兵のうしろすがたを見送って、クロトは苦み走った表情を傍らへむける。

すでに三升半の日之雄酒を飲み干したイザヤは左右に揺れながら、右手にイカゲソ、左手に酒を握りしめ、クロトを気に入らなそうに睨み付ける。

「そりで？　なんの話だっけ……」

クロトはこれ以上ないほどうなだれて、

「……思い出せないならなによりだ。そのまま一生忘れていろ」

イザヤは酔っ払い特有の白濁した瞳を空間へさまよわせ、ぱん、と両手を打ち付ける。

「思い出したっ！　そうだ、お前だ、お前のことだよ、このやろ〜〜」

ろれつの回らないまま、クロトの頬を片手でつまんで引っ張る。

「頬をつねるな。引っ張るな」

「うるせえ、バカ、このやろ〜。いつもいつもすっとぼけやがって、このやろ〜」

「何度も言うが、おれはすっとぼけてなどいない」

タチの悪い酔っ払いと化したイザヤは、クロトの横顔へ顔を近づけ、糾弾する。

「うそつき。うそばっかりついてる。なんだこのやろう、言えよ〜、正直に言えよ〜。なぁ〜。なんで日之雄に戻ったんだあ？　ガメリアにいれば大金持ちで、楽しく暮らせてたのに〜」

「だから何度も言っただろうが！　カイルが気に入らないから、あいつを野放しにしないために軍人の道を選んだのだ！」

「うそつき〜。うっそだ〜。絶対うそだ〜」

「さっきからなにが気に入らんのだ貴様は!?　おい、もう飲むな！」

「あーあ、悲しいにゃあ〜。クロトが正直にならないから、悲しいにゃあ〜」

いやみたらしく愚痴をこぼしながら、イザヤは頬杖をつき、残った手で手酌する。飲めば飲むほど、あからさまにタチが悪くなっていく。

「おい酒乱」

「なんだよこのやろ〜」

「返事しおった。まず水を飲め。話はそれからだ」

差し出された水を無視し、イザヤは隣に座ったクロトの両頬を両手でつまみ、左右に引っ張る。

「正直に話せ、このやろ〜」

「やめほ、ひっはるは」

「わははは。面白い顔だ。うりゃ〜〜」

「やめほ〜」

クロトは両方の頬を引っ張られながら、なぜイザヤは執拗に日之雄に戻った理由を話させようとするのか、その目論見を推察する。

——もしやこの女……。

——ユーリに言われたことを、おれの口から言わせようとしているのか……?

一年半前、マニラのホテルの懇親会でユーリが投げつけてきた爆弾発言。

『黒之少佐が日之雄に戻ったのは、カイル氏から白之宮殿下を守るためなのですね』

あまりにも突然に図星を突かれてしまったため、クロトは混乱をきたし「おれがたたかうのはこっかのためだ〜」と言い訳しながらイザヤから逃げた。

以来、あの発言について蒸し返したことは一度もない。

お互い気まずくなるのはわかっているし、艦隊司令官と首席参謀という公の立場もある。だから完全に「なかったこと」にしてこれまで振る舞ってきたのだが、酔っぱらったイザヤは記憶の地中深くに埋めた出来事をわざわざ掘り返して誇らしげに振り回す。

「な～。なんでだよ～。お前、なんでガメリアから戻ってきたんだよ、正直に言えよ～」

完全に目つきを据わらせ、クロトの両頬をつまみながら、クロトが本心を言葉にしない限りテコでも動かない構え。

クロトのこめかみにも冷たい汗が伝ったそのとき。

「言わないとこうだ～」

イザヤはふらつく足取りで立ち上がり、あろうことか、クロトの膝の上に腰を下ろす。

「!?」

「お前をわたしの椅子にしてやる～」

身体を密着させ、イザヤはそんなことを言う。

「お、降りろっ！　アホか貴様っ！」

「大丈夫ら。子どものころ、こういうことよくやってたからな～」

確かに小学生のころ、イザヤはクロトを椅子にしたり枕にしたり、頭をぬいぐるみみたいに抱えたりしていたが。

「貴様、飲み過ぎだっ」

クロトの声が裏返る。

「な〜。言えよ〜。正直にしゃべれ〜」

そう言うと、片手をクロトの髪に突っ込んで、指で梳く。

「やめろっっ!!」

クロトは怒鳴りつけるが、しかしイザヤは膝の上に座ったまま嫌がらせみたいな言動をやめない。

クロトの思考が痺れてくる。

イザヤの柔らかな臀部の感触が、クロトの腿へ直接に伝う。

触れている箇所が熱い。

桜色に濡れた唇がそこにある。

紅の瞳に映り込んだ自分を、クロトは見る。

鼓動が高まる。

本能と理性がぶつかりあい、頭蓋の中枢に火花を立てる。

——やってしまえ。

——やめろ。

相反するこころの言葉を聞いた刹那、クロトは意を決してイザヤの両脇に両手を突っ込み、ネコを持ち上げるように立たせる。

「……立て。水を飲むのだ」

かろうじて、声を絞り出す。

「え～。いやだ～」

無理やり立たされたかっこうのイザヤはさらに頬を膨らませるが、クロトは暴走寸前の本能に理性の枷をあてがって、呼び鈴で従兵を呼び、

「従兵、もう酒はいらん、水を持ってこい！」

「はっ！」

「やら～。酒持ってこい～」

「イザヤの言うことは聞くな、いいから水だ！」

従兵は上官ふたりから相反する命令を受け取って戸惑うが、クロトから厳しい言葉で命じられ、慌てて水を持って戻ってくる。

「いいか、貴様、誰にも言うなよ？　おれはイザヤが酔いを醒ますまでここにいる。それまで誰もここに近づけるな」

「はっ！」

クロトは水差しを受け取って、従兵が退室したのを確認し、イザヤの手に水を握らせる。

「酒だ、飲め」

「わ～い。お酒だ～」

イザヤはうれしそうに水を三杯飲み干し、自分の腕を枕にして机に突っ伏す。

「いい気持ち～」

「そうか。なによりだ」

このまま眠ってくれればいいが。そう祈りながら、クロトは黙ってイザヤの傍らに座る。

「なあ、クロト～」

「うむ」

「楽しいな～。今日はすごく楽しいよ～」

「そうか」

「ずっとこんなふうに楽しいといいな～。戦争なんかやめてさ～」

「そうだな。これが当たり前だとおれは困るが」

イザヤの素直な言葉に皮肉を返すが、クロトも内心、こういう日常も悪くはないな、とこころのどこかで思ってしまう。

イザヤの目は、いまにも閉じそうだ。あと五分もあれば寝るだろう。

「クロトぉ」

「あぁ」

「お前……もう、わたしにプロポーズしないのか……？」

半分すねたような表情で、いきなりイザヤはそんな爆弾を投げつけた。

さらにイザヤは挑発的な笑みをたたえ、もう一発の爆弾も投げる。

「……もう一回してみたら……どうなるかわからんぞ……？」

クロトは五度ほど目をしばたたいて、傍らを見る。

すぅ、とイザヤの口元から息が漏れる。

すぅ、すぅ。

閉じた瞳とあどけない横顔、健やかな寝息が、イザヤが眠りに落ちたことを告げていた。

クロトはいまだ目をしばたたきながら、イザヤの最後の意識が投げつけた爆弾が頭蓋のうちで繰り返し鳴り響く音を聞く。

約十年前。

ランドセルを背負い、夕焼けの堤防をイザヤとふたりで歩いたあの日。

『イザヤ、お前、おれと結婚しろ』

『お前が必要なのではない。お前の血筋が必要なのだ。おれがこの国の皇王になるために、おれと結婚しろ、イザヤ』

いきなりそう告げて、大変なことになった。

国を追い出されたクロトはガメリアに渡ってカイルに出会い、そして日之雄に戻って軍人になり……。改めて振り返ってみれば、この数奇な運命の出発点が、あのプロポーズだった。

あれさえなければ黒之宮家は王籍離脱することなく、いまだクロトは王族としてふんぞり返っていられたのかも。

思い返して改めて、最低最悪のプロポーズだ。

他の宮家へ敵対心を持つ両親に「イザヤと婚約すれば黒之宮家も皇王家直系になれる」とうるさく言われ、半ば投げ槍気味に決行したわけだが、当然のようにイザヤから堤防下まで蹴り落とされて拒絶され、以来、ふたりの間であれを蒸し返したことはない。

だが、酔ったイザヤは当たり前のように蒸し返し、さらには、もうしないのか、などと聞いてくる。

「なんなのだ、お前は」

眠るイザヤの横顔へ、問う。

返事は寝息のみ。

「もう一回プロポーズしろというのか。アホか。ふざけるな。あれは両親に命じられて仕方なく決行したのであり、おれの本心などではない」

イザヤが聞いていないことはわかっているが、弁解の言葉を連ねてみる。

すう、すう。眠るイザヤはもにょもにょと口元を動かして、

「クロトぉ……」

寝言なのか、意識がまだ残っているのか、あいまいな言葉を投げてくる。

「なんだ」

返事すると、イザヤは薄い微笑みを口元へたたえ、また健やかな寝息を投げるのみ。

クロトは苦々しい表情で、無垢な寝顔を見下ろす。

「……妙な女だ」

吐き捨てて、しばらく黙って、片手で酒を飲んだ。

ミュウを呼んで、イザヤを長官室の奥にある寝室へ運びこむべきだったが、もう少しだけこのまま、イザヤの傍らにいたかった。

ふたりきりの静寂が、心地良い。

長引く戦争に疲れ切り、ささむけていた内面が清涼ななにかに撫で清められ、健常な状態へ戻るような。

地位も身分も戦争も忘れて、イザヤの寝息を聞いているいまこのときが、ずっとつづけばいいなと思った。

——戦争が終われば、こういう時間が当たり前になるのだろうか。

そんなことを思いながら、クロトは杯の酒を飲み干すと、呼び鈴を振った。

翌朝——「東雲」司令塔。
「わたしは！　なにも覚えていないぞっ！」

クロトと顔を合わせた瞬間、いつもの軍服に身を包んだイザヤは表情をいきり立たせ、毅然と腰に手を当てて、真っ赤な顔でクロトを睨み据える。

「本当だ！　なにを言ったか、なにも覚えていないっ!!　そして貴様は、みっともないくらい酔っぱらっていたんだ、本当に！」

びしぃっ、と音が鳴るほど背筋を反らし、イザヤは人差し指をクロトの面前に突きつける。

「そうか」

クロトは能面の表情で、イザヤの責任転嫁を受け止める。

「いきなりひょっとこ踊りをはじめたり！　コサックダンスを踊ったり！　それはもう大変な騒ぎだったんだ、だよなあ、ミュウ!?」

傍らに侍るミュウへ同意を求めると、ミュウはいつもの無表情のまま、

「はい。酔っぱらっていたのは、黒之中佐です」

予め用意していたらしいセリフを棒読みして偽証する。

「そうか」

クロトはひどい偽証に反論もせず、おのれに突きつけられた人差し指を遠い目で見やる。

きしゃああ、とイザヤは表情を猛らせて、

「この酔っ払いめ！　あんだけ飲んだなら記憶もないだろう!?　あったとしてもそれは酒の見せた幻覚で現実となんの関係もないっ！　つまり全部お前が悪い！」

怒りも露わな艦隊司令官を乾いた目線で遠く眺め、クロトはイザヤの内面を推し量る。

恐らく、昨夜の記憶がかなり残っているのだろう。酔っぱらっていたときはなにをしても平気だったが、翌朝しらふになると昨夜の言動が途端に恥ずかしくなり、どうごまかせばいいだろうかと二日酔いの頭脳で考えた結果、「クロトが泥酔して幻覚を見たことにすればいいんだ」と斜め上方の結論に至り。

「あんなに飲むから幻覚を見るんだ！　バーカ！　バーカ！」

必死の表情でクロトを指さし罵声を浴びせるイザヤを、クロトはますます遠く見やる。

――実にとんでもない女だ。

昨夜の痴態が恥ずかしいのはわかる。だがそれを逆ギレでごまかそうなどと言語道断。

本当は、なにも覚えていないふりをしていようかと思っていたが、こんな対処をされたならこちらも反撃に出るしかない。なにしろおれは作戦参謀、仕掛けられた策は、策で返さねばならんのだ。

クロトは決意して、毅然と表情を引き締め、イザヤを見下ろす。

「そうか。あれはおれが見た幻覚か」

「おう、そうだ！　どんな夢を見たかはしらんが、全部幻覚なのだ！」

「なるほど。プロポーズがどうたらと聞こえたが、あれも幻覚か」

「うあ～～～～……」

問いかけた瞬間、蚊が鳴くような悲鳴をあげ、半べそをかきながら、イザヤは両耳を両手で押さえて司令塔から逃げていった。

——どうやら覚えているらしい。

本人にとっては地獄のように恥ずかしい記憶だったらしく、いつまで待ってもイザヤは司令塔に戻ってこない。

クロトは傍らのミュウに問うた。

「貴様が連れ戻したほうが良くないか？」

ミュウは黙って窓の外を見たまま、

「…………殿下は現在、大変混乱しておられます。もう少し、平静を取り戻すための時間が必要かと」

ミュウはそう言って、いつもの無表情にさらなる陰影を加える。ミュウでさえ対処に困るほど、イザヤは混乱しているようだ。

「……二度とあいつに酒は飲ませるな」

「……そのようにいたします」

ふたり並んで突っ立って、戻らないイザヤの帰りを待った。

三時間後、イザヤはようやく司令塔へ戻ってきた。

壮絶な思索と葛藤を経たのだろう。イザヤの表情は餓死寸前の菩薩のような、憔悴の極みにありながら世俗を超越した奥深いなにかをたたえていた。

「わたしが悪かった」

即席菩薩は、いきなり謝る。

「わかれば良い」

そのままふたり、二度と昨夜のことを蒸し返すことなく、船団護衛に専念した。

しかし、なにやら気まずい。

普段どおりに振る舞おうとはしているが、妙な間合いを持て余す。

みぞおち辺りが、むず痒い。

――こういうとき、リオがいればいいのだが。

溜息まじりに、クロトは思わずそんなことを思ってしまう。

いつも司令塔にいて、イザヤとクロトが仲違いするたびに雰囲気を和ませたり、仲裁にあたってくれていたリオ。

敵将シアースミス率いる飛行艦隊へ殴り込みをかけたソロモン海空戦において、敵艦隊旗艦「グランダム」に対し、リオの乗る「村雨」は探照灯を照射して、敵の集中砲火を浴びて沈没した。主だった高級将校たちは内火艇に乗って退艦したが、リオはとうとう戻らなかった。

すでに本国ではリオと父、風之宮源三郎の国葬が行われ、リオは映画や新聞で軍神扱いされている。海空戦では遺体が発見されることは稀だから仕方がないが、リオが死ぬところを見たものは誰もいない。

――生きているのではないか。

ときどき、クロトは根拠もなくそんなことを思う。

希望的観測であることはわかっているが、幼いころから一緒に遊んだあの明るいリオが簡単に死ぬわけがないとこころのどこかで思っている。

――従兵の速夫が一緒にいたはず。機転の利く、賢い水兵だった。

――あいつが近くにいたなら、もしや……。

そんな希望を抱いてみたりもするが、しかし。

――難しいな……。

ソロモン海空戦が行われたのは聖暦一九四〇年、五月九日。

あれから二か月が経っている。もしリオが落下傘降下して生きているとしても、周辺海域はガメリアの支配下にあるため、捕虜になる公算のほうが大きい。現実に第一飛行艦隊から落下傘降下した水兵の多くが、海上を漂流していたところを敵に捕まっている。

水兵であれば捕虜になるのは構わない。

だが、王族であるリオは捕虜になるわけにはいかない。

万が一、王族が敵方に捕まったならば日之雄にとっては最大の不名誉であり、敵は好き放題に日之雄の尊厳に泥を塗ることができる。ガメリアの士気は大いに盛り上がり、日之雄の士気は極限まで盛り下がる。だからこそ王族である源三郎とリオは轟沈寸前の「村雨」に残り、高級将校たちを内火艇で逃がしたのだ。

リオは明るく無邪気だが、責任感が強く、王族の利用価値をよく弁えている。捕虜になる公算が高いことがわかっていて、落下傘降下するだろうか？

——リオの性格であれば、逃げるのを拒む……。

考えるほど、リオが生きている可能性は低くなる。

クロトも幼いころからよく知っているリオだ。いなくなって正直寂しいし、いなくなったからこそ彼女の存在がイザヤにとっても兵員にとっても非常に大きかったことがわかる。

——死んだ可能性のほうが遙かに高い。だが……。

クロトは前方へ目をやった。

境目のあいまいな海と空が茫漠と溶け合って、薄墨色の雲が幾重にもたなびいていた。

この海と空の境目のどこかでリオが生きていてくれたら。

そんな願いを抱いて、艦の進行方向を黙って見据えた。

二、美姫と水兵

episode two

聖暦一九四〇年、五月九日夜——

ソロモン海。

炎と硝煙が立ちこめる星空のただなか、飛行戦艦「村雨」は最期のときを迎えようとしていた。

すでに総員退艦が発令され、乗員たちは落下傘を背負って眼下の海原へ飛び降りている。ここは敵の支配圏だから漂流して捕虜になるのは確実だが、死ぬよりはいい。風之宮司令長官を除いた高級将校たちも内火艇に乗って退避は完了しており、人的被害は最小限だ。

中甲板がめくれ上がり、破砕孔から吹き出す炎は「村雨」の船体全体を舐め回している。艦内は溶鉱炉のように燃え上がって、外殻がもう溶け落ちそうだ。

しかし上甲板では司令官付き従兵、会々速夫が直径一メートルの探照灯の操作ハンドルを握り、凹面を敵戦艦の隠れた雨雲へむけていた。

「村雨」艦長、風之宮リオ少佐は探照灯基部のレバーを握り、雲に隠れた敵艦の位置を見据える。

必ずイザヤとクロトが探照灯の光を手がかりにして、雲に隠れた敵艦の位置を看破してくれる。照射すれば次の瞬間、リオは敵の集中砲火を浴びることになるが、ためらいなど微塵もない。

決意を込めて、リオはレバーを押し下げる。

十万カンデラを超える光条が生まれ出て、それが一直線に、敵戦艦が隠れている雨雲へ突き立つ。

光の射程は、約一万メートル。雨雲に突き立ち、貫通して、反対側から飛び出してしまうほどのすさまじい光量。

リオと速夫はふたりがかりで、光の矢束をゆっくりと旋回させ、眩い光芒で敵戦艦を雲のなかから炙り出す。

次の刹那、雨雲を突き破った二十七の火箭が「村雨」目がけて降り注ぐ。

リオは悟る。

——あれが、わたしの死だ。

「みんな、ありがとね」

イザヤ、クロト、ミュウ、これまでに出会った全ての将兵たちの笑顔が、引き延ばされた時間のなかに映じていた。

「勝って、生き残ってね、イザヤ。クロちゃん。死なないでね。生きて帰って、みんなでパーティーするんだよ」

転瞬――

「失礼をっ!!」

いきなり速夫はリオの身体を背後から抱きとめ、リオの縛帯へフックを掛けた。

「!?」

驚くリオに構うことなく、速夫はリオの両脇へ自分の両腕を回し、甲板を走り抜け、星空へ身を投げる。

「速夫くんっ!?」

速夫は素早く空中で落下傘を開傘させ、リオを後ろから抱きとめて火焔と煤煙の入り交じる空を降下していく。

直後、「村雨」上甲板に直撃弾。

夜空が紅蓮に染まり、ぶわりとめくれあがった炎が「村雨」を覆い隠す。

退避が二秒遅れていたら、いまごろふたりとも蒸散していた。

強制的に落下傘降下させられた格好のリオは背後を振り返り、悲痛な声を発する。

「速夫くん、これはダメ、わたし、捕虜になれない……っ！」

「存じております……っ!!」

速夫はリオを背後から抱きとめたまま、降着地点を見定める。

リオの両目が見開かれる。

——速夫くんは、わかってない……！

リオはとっさに、自分の縛帯の留め具を外そうとする。

しかし速夫は背後からリオを羽交い締めにし、それをさせない。

「放してっ!!」

「なりませんっ!!」

留め具を外せばリオは彼方の海原へ落ちて墜死する。速夫は渾身の力でリオの両手を封じて身動きを許さない。

「わたしは死ななきゃダメなのっ!!」

「そんなことはありませんっっ!!」

言い争いながら、速夫は身体を振って、なんとか任意の地点に降り立とうと傘体を操る。

だがリオを封じながらそれは難しい。

海原だけは落ちてはいけない、最低でも島に落ちなければ。

「あなた、なにもわかってない！」

ついにリオはいつになく真剣な声で速夫を怒鳴りつける。

「これは風之宮長官のご遺志です!!」

速夫の言葉に、リオは一瞬、言葉を失う。

リオの力が一瞬抜けた。

速夫は両腕で落下傘の降下方向を調整し、海ではなく島を目指す。

海原を漂流すれば敵にリオが拾い上げられてしまう。降りる地点は絶対に島でなければならない。できれば人間の住んでいそうな大きな島が……。

燃え上がる「村雨」の炎が海原に映じ、波打つ紅のただなかに真っ黒な島影がぼうっと浮かび上がる。

――高度が足りない……！

高度千二百メートルから降下して着地するまで、二分弱。夜間、この短い時間で最適な降下地点を選ぶのは至難の業だ。降りる島を選ぶ余裕はない。

――リオ様の安全が最優先……っ！

闇へ目を凝らし、天に咲き乱れる炎を頼りに島と海の境目を見定める。

ぼうっと淡く火の色を映すなにかを右斜め前方に視認。

――あそこ、砂浜……っ！

身体を傾けて傘体を操り、速夫はそろえた両足を前へ突き出す。

ざっ、と砂が蹴立てられ、ふたりの身体は波打ち際を滑り、仰向けに倒れ込む。

「殿下……っ!!」

速夫は素早く傘体とフックを外す。そしてリオが立ち上がるのを手助けしてから改めて、砂浜に片膝をついて跪き、頭を垂れる。

「…………」

リオは無言のまま身体の砂を片手で払い、いつになく責めるような表情で速夫を見下ろす。

と、上空から鈍く重い炸裂音。

見上げたなら、水平距離五千メートルほどむこう、星空を複数の火球が食い破り、懸吊索が切れて前のめりになった「村雨」がさらなる炎に覆われていた。

「………！」

分厚い鋼鉄装甲はあちこち破孔がひらいて炎が芽吹き、内部が溶鉱炉みたいに燃えているのが見て取れる。五万トンの船体が前のめりになり、残っていた懸吊索も重量に耐えきれず、前方から順繰りに切れていく。

「お父さん……」

父、風之宮源三郎はまだ「村雨」長官室に残ったままだ。

皇王の弟であり、軍令部総長であり、連合艦隊司令長官である源三郎は、退艦して捕虜になることはできない。艦と運命を共にするため、まだあの燃えさかる船内にいる。

リオも軍人だ。いつかこういう日がくることは覚悟していた。国民のために戦って死ぬことが軍人の仕事であり、源三郎もリオもとっくの昔に家族の絆を捨て、司令官とその部下として務めてきた。

だが、家族への思いは断ち切れない。どうしたって胸が締め付けられる。

最後の懸吊索が切れて、「村雨」の船体は音もなく中空を滑り落ち、鉄底海峡の巨大な水柱へ変じた。

抱え込んでいた砲弾、炸薬が爆発し、水柱の根元から新しい爆発が幾度も起こって、星空を七彩の飛沫で覆い隠す。星の光とあいまったそれは残酷な美しさで戦場を飾り、消えていく。

源三郎や仲間たちを葬送するような戦場美を、リオは見送ることしかできない。

痛みが涙に変わりそうになる。けれど。

――泣くな。

――絶対、泣いちゃダメだ。

自分を抑えつけ、リオは頭を垂れたままの速夫へ目を移す。

悲しみが、怒りに変わる。

抑えたくても、言葉にはどうしても怒気がこもる。

「……風之宮長官の遺志、って聞こえたけど。……どういう意味？」

速夫はじぃっとうつむいたまま、落ち着いた言葉で答える。

「……決戦の直前、風之宮長官から命じられました。危急の際は風之宮リオ艦長と共に退艦し、生きて本国へ帰れ、と」

短く答え、速夫は胸ポケットに手を突っ込んで、懐中時計と万年筆を取り出し、両の手のひらに置いて顔を伏せたままリオへ差し出す。

「…………………」

険しい表情のまま、リオは古い懐中時計と使い込まれた万年筆を受け取った。

子どものころから見知った、源三郎の愛用品だった。

「『村雨』が囮になることが決まった作戦会議の直後、風之宮長官はわたしを長官室へ招き入れ、先の命令を口達されてから、軍資金にするようにとこの品をくださいました。……このような大それたもの、わたしが持っておくわけにまいりません。殿下がお納めください」

速夫は砂浜へ目を落としたまま、それだけ告げて黙り込む。

リオはじぃっと父親の遺品を見つめる。

いろいろな気持ちが同時にこみあげてきて、整理がつかない。

自分だけ生き残った悔しさと、父を失った悲しみと、その父が残した思いやりと、リオの意志に逆らった速夫への憤り。それらが混ざり合って、言葉が出ない。

生き残ったからといって、いったいこれからどうしろというのか。

ここは敵地。味方の勢力圏まで逃げるのは並大抵ではない。

最も近いラバウル基地でも、ここから一千キロメートル以上離れている。そこまで戻るには外洋に出られる大きな船が必要になり、敵支配圏でそんな船が手に入るはずがない。

速夫は捕虜になっても問題ないが、リオが捕虜になれば国際的な恥となり、皇王家、軍、国民へ大きな迷惑がかかってしまう、だからこそ。

──わたしは、「村雨」で死なないといけなかったのに……。

途方にくれて、また空を見上げる。

間断なく鳴り響く砲声と爆発音、暗くなったり明るくなったり、紅と漆黒の狭間を振幅する戦場の空。

ここから視認できない空域では、いまだ艦隊決戦が継続していることを、絶え間ない砲声が教えてくれる。「村雨」は墜ちたが、イザヤとクロトの指揮する第八空雷艦隊が最大戦速で追いかけてきていた。最後にリオが放った探照灯も、イザヤを支援するためのもの。あの光は、役に立てただろうか。

リオは第八空雷艦隊がいるはずの南南東の空を見やる。けれど丘の斜面が邪魔をして「東雲」の様子が見えない。

──ミユウ、測距できた？

心中で問いかけた、そのとき。

先ほど「村雨」があげた轟きと同じものが、空中から伝った。

「!?」

地震に遜色のない揺れがふたりの足下を襲う。

「これって……撃沈!?」

この近くの海域に飛行艦が墜ちたのだろう。数万トンの巨体が千二百メートル上空から海面にぶつかった衝撃が、星空さえ歪ませる。

彼方を見やれば、山の稜線の端っこに、星明かりを弾く大水柱が屹立しているのが見て取れた。しかし稜線が邪魔をして、詳細が見えない。

墜ちたのは敵か、味方か。どうかイザヤたちの乗る「東雲」ではありませんように。

「あっち、崖に登れば見えます！」

「……登ろう！」

ふたり、砂浜を走って、椰子林をくぐり抜け、夜露に濡れた斜面を登る。

灯火を用意していないため、月と星と空に明滅する火焔の光芒が頼りだ。速夫は後方のリオを振り返りながら、緩い勾配を上がっていく。

「速夫くん、道が見えない……」

リオの声が、背後から伝う。無理もない。山育ちの速夫へ、王宮育ちのリオがついていけるはずがない。子どものころから外灯もない漆黒の山道を行き来している速夫の視覚、聴覚、嗅覚は、獣ほどに研ぎ澄まされている。

意を決して、速夫は頼む。

「殿下、背負ってもよろしいですか？」

「え？」

「僭越ながら、そのほうが速いかと」

速夫はリオの面前にしゃがみこみ、背中を示しておんぶの体勢を取る。

「……さすがに無理だと思うけど……」

リオはおずおず、速夫の背中におぶさって、肩に手を置き、彼の胴体へ両足を回す。

速夫の両手が、リオの膝の裏をしっかり支え、

「行きます！」

気合い一閃、立ち上がって走り出す。

速い。鹿が飛び跳ねるように、速夫は勾配をすいすいと登る。

「わ、わ！　速夫くんすごい！」

「子どものころ、祖父を背負って山道を登ってました！」

「おじいさんを？」

「はい！　祖父は山奥でわさびを栽培していて、行くまでがすごく大変で！　足が悪くなってからは、わたしが馬の代わりに使われてました！」

元気に答えながら、速夫は息も切らさず漆黒に塗りつぶされた山道を、昼間と遜色のない歩幅で登っていく。

「すごいね……」

「あ、いえ、これくらいが取り柄で……」

速夫は謙遜しつつ、内面ではおのれの理性を振り絞って本能の制御に邁進している。

否応なく背中に押し当てられるリオの身体の感触。胴を挟み込んでいる太股、そして時折後頭部にぷよんぷよんとあたってくる日之雄全男子あこがれの物体……。

——考えるなっっ!! リオ様に失礼だろ!!

——この非常時に!! 絶対、絶対、そういうことを考えるなっっっ!!

——ぼくは馬だ!! 馬はそんなこと考えない!!

自分を恫喝し、速夫はリオの乗り物としておのれを位置づけ、邪念を追い払いながら瞬く間に勾配を登り切って、稜線へ出る。

「………っ!!」

いきなり視界がひらけ、見えなかった空域がふたりの網膜へ飛び込んでくる。

雨雲と炎と煤煙、それに幾千の弾道が網目をかける、戦場の空。

その真っただなか、セラス粒子の七彩を曳いて飛行する一隻の駆逐艦。

あの艦影は。

「『東雲』っ!!」

無事だ。生きていた。すると、先にあがった大音響は……?

「あそこ、戦艦!!」

リオが速夫におぶさったまま、彼方の空域を指で示す。

速夫は目を凝らす。南南東、右舷に損傷を負った飛行戦艦が一隻、よろめきながら飛んでいる。対空砲も主砲も完全に沈黙し、その浮遊体には四本の空雷が突き立って、船体の下方には落下傘の華。

「『グランダム』です、もうすぐ墜ちる!!」

速夫も思わず叫ぶ。リオは口元を両手で押さえ、

「イザヤ、クロちゃん……っ!!」

幼なじみの名前を呼ぶ声が、感激に震える。

きっとあの探照灯の光を目印にして、ミュウが測距してくれたのだ。だからこそ「東雲」はこれほど正確に「グランダム」の浮遊体を撃ち抜くことができた。

さらに彼方には、悠然と飛ぶ「川淀」「末黒野」「卯波」の三隻、その周辺には、敵飛行戦艦のものとおぼしい、割れた浮遊体が虚しそうに居流れている。

あの砕けた浮遊体は大きさと量からして敵飛行戦艦二隻のもの。空域を飛ぶのは味方の四隻だけということは。

「勝ちました、白之宮殿下がやってくれました!!」

速夫は興奮し、背負っているリオを振り返って快哉をあげる。

「うん、すごいね、やっぱりみんなすごいね」

リオは目元を指先で拭いながら、あの探照灯に応えてくれた仲間たちを讃える。「村雨」は無駄死にではなかった、仲間たちが成功へ繋げてくれた。そのことがひどくうれしい。

涙ににじんだ目の先で、さらなる落下傘が「グランダム」からこぼれ落ち、ほどなくして浮遊体が粉々に砕け、四万五千トンの船体は水平状態を保ったまま海原目がけて墜ちていく。

海がさらなる咆吼をあげ、高さ三千メートルの大水柱が噴き上がる。いまごろきっと「東雲」船内は「殿下――」「姫さま――」とお祭り騒ぎだろう。彼方を飛ぶ「東雲」のすがたを見やっただけで、リオの耳には聞き慣れた水兵たちの歓呼が聞こえたような。

「良かった。良かったぁ……」

「……本当に。……素晴らしいです、白之宮殿下の采配は……」

ふたり、目を潤ませながら味方の勝利をじんわり味わう。それから速夫はリオを背負ったままでいることに気づき、慌ててその場にしゃがみ込む。

「し、失礼しましたっ！」

「あ、ごめん、重かったね」

「いえっ、そんなことはっ」

背中から伝う柔らかさとぬくもりが消えて、余韻がじんわり速夫の心へ染み渡る。だが戦場は次から次に、ふたりへ問題を届けてくる。

速夫は異変に気づき、夜空の一角を指さす。

「敵の落下傘が……」

「グランダム」から吐き出された二千近い落下傘たちが、風にあおられながら空域へ拡散していく。そのうち一部は、リオたちのいる島を目がけて飛来してくる。

「……まずいですね。島に降りるつもりです」

こちらへむかってくる一群の白い傘を注視。

海上を漂流すればガメリアの水上艦が拾い上げてくれるから、ほとんどの傘は海原を目がけているのだが、なかには着水を嫌い、地面に降り立とうとする兵もいる。この島へ降りられると厄介だが。

「五十から六十、むかってきます」

落下傘の群れがだんだんこちらに迫ってきて、大きくなり、水平距離七百メートルほどの目の前を行き過ぎて、先ほどまでリオたちのいた砂浜を目がけて降下していく。案の定、厄介なことになりそうだ。

敵ももちろん、この島に日之雄の水兵が降下した可能性を考えるだろう。下手をすると山狩りが行われるかもしれない。

「…………逃げないと」

リオの声が硬くなる。

「……はい。山奥に逃げ込めば安全です。たったあれだけの人数では、島全体を捜索することはできないですから」

速夫は周辺の暗がりへ目を送り、星空をくりぬく漆黒の稜線を見定めて、見当をつける。

「あの山を登りましょう。あそこまで行けば、敵に気づかれないはずです」

「うん。わたしも歩ける。行こう」

リオは承諾し、ふたりは山を目指して歩きはじめた。

速夫はリオに歩調を合わせてできるだけゆっくり、緩い斜面を登っていく。

鬱蒼とした熱帯の木々が、夜風が吹くたび不気味な葉ずれの音を立てる。

時折、速夫は足を止めて、地面に片耳をつけて音を聞く。

「川があれば、音が聞こえるはずです」

「そうなの？」

「……聞こえません。できれば水源の近くで野営したいですが……」

速夫は頭上に絡み合った枝葉の天蓋を見上げる。先ほどまで月明かりがあったのだが、夜が更けるほど月が沈み、闇が深くなる。

「速夫くんが、全然見えない……」

背後から、リオの声。夜目の利く速夫はリオのすがたを視認できるが、同じことはリオには無理だ。

「殿下、僭越ながら、わたしの服の裾を掴んでいてください。決して離さないように」

「あ、うん」

リオは素直に、速夫の腰あたりの布地を掴む。

「急ぐ必要はありません。ゆっくり、野営できる場所を見つけましょう」

「うん」

リオに言い聞かせ、速夫は歩みを再開する。

裾を摑むリオの力が、なんだか頼りない。それに互いの足が近いから、歩きにくく、下手をするとリオの足を踏んでしまいそうになる。

——手を繋いだほうがいいのかな……。

——でもさすがにそれは、いくらこの場合とはいっても……。

悩んだそのとき、背後から。

「これ、歩きにくくない？」

「あ……。やっぱりそうですか？」

「手、繋いでいい？」

あっさりと、リオのほうから提案してくる。

「あ、はい、それは……殿下さえ問題がなければ」

まごつきながら答えると、あはは、とリオはいつもみたいに屈託なく笑った。

「おんぶしたあとでなに言ってんの。いまさらだよ。行こう」

そう言ってリオは速夫の手を握る。

ちょっとした冷たさが心地よい。しなやかで柔らかい指の感触が、速夫の胸の芯まで届く。

「……申し訳ありません。恐縮です」

一応謝ってから、速夫はリオと手を繋いで夜道を歩む。

「だからこんなんで謝らないでいいって。あなたがしたことで謝らなくちゃいけないことは、ひとつだけ」

暗闇のなか、リオはそれだけ言う。

なんのことか、速夫は理解する。

手を繋いで先導しながら、速夫は謝る。

「風之宮長官から殿下をお守りするよう口達されたことを、隠しておりました。そのことはどうかお許し願いたく」

「わたし、すっかり死ぬ気でいたから。生き残っちゃって、どうしたらいいかわかんない」

リオの言葉に、冷たい怒気が舞い戻っている。

「……長官の命令なのです。どうか、殿下には生きて日之雄へ戻っていただきたいと、みなが願っています」

夜道を手を繋いで歩き抜けながら、リオはしばらく黙り込んで、尋ねた。

「これからどうするか、計画はあるの？」

「……島内を探索し現地人の協力を求めます。司令長官の懐中時計と、小船を交換できるかもしれません」

「ガメリア兵がいるよ?」

「可能な限り交戦を避け、回避します」

「敵を避けて、船に乗って……それから?」

「……ラバウルを目指します。発動機付きの船が手に入れば、夜を選んで、島伝いに渡れるはずです」

「とても難しい旅になりそうだけど」

「……はい。ですが殿下が生還できれば国民はみな喜んでくれます。誰より白之宮殿下が」

速夫の口からイザヤの名前を聞き、三拍の間を置いて、リオは問う。

「わたしが捕虜になれないことは、知ってるよね?」

「……はっ」

問いかけながら、リオはゆっくりと気持ちを定めた。

これが本当に上官である父の遺志であるなら、受け入れなければ。どんなに理不尽な命令でも従うのが軍人としての義務だ。けれどひとつだけ、速夫に守ってもらわなければならない条件がある。

——その条件を速夫くんが呑むなら……。

決意して、リオは条件を口にした。

「敵に捕まりそうになったら、わたし、自分で死ぬから」

繋いだ速夫の手が、びくりと震えた。

「そうしたら、速夫くんがわたしの身体を処分して。燃やすなり、重りをつけて海に沈めるなりなんでもいいから。絶対、敵の手に渡らないように」

速夫は言葉を返せない。

「それを約束できるなら、あなたと一緒に逃げる」

リオの言葉に、いつもの明るさは微塵もない。

静かな言葉の奥に、皇王家内親王の覚悟だけがある。

夜道を先導しながら、速夫はためらう。そんな恐ろしいこと、想像するだけでもイヤだ。しかし自分には、リオを助けた責任がある。それから逃れることはできない。

――約束しなければいけない。

――それが、リオ様を助けたぼくの責務だ。

「……わかりました」

本当は、わかりたくない。けれどリオがそれを望むなら。

そして、もしもそんな事態に至ったなら、いわれたことを実行したあと、ぼくも死ぬ。

「必ず実行します」

決意を込めた速夫の言葉に、リオはしばらく沈黙してから、静かに言った。

「わたしは『村雨』で死ぬべきだったと思う」

「…………」

「……でも、生き残っちゃった。あなたのせいで」

リオの表情は、見えない。

ただ繋いだ手から、リオの決意が伝わってくる。

「正直……さっき死んだほうがよっぽど楽だった。……でもこうなっちゃったら仕方ないし。あなたの言うとおり、イザヤも心配してるだろうし。……それに、生き残ったら生き残ったで、なんだかもうちょっと生きてもいいかな、って思えてきたし」

「…………」

速夫は少しだけ、リオの手を握る手に力を込めた。

「日之雄に帰れるように、がんばる」

リオの手にも、新しい力がこもった。

「…………」

速夫はただ、リオの手をつうじて、生きているものの体温を感じる。

「助けてくれてありがとう」

短く告げて、リオは速夫の手をぎゅっと握る。

「一緒に帰ろう。みんなのところへ」

そのひとことが、速夫の魂の中枢を撃ち抜く。

全身の細胞が、活性化する。

このひとを救ったことは、絶対に間違ってない。

「……はっ!!」

ただ暗黒の先を見据えながら、速夫は返事した。

速夫の魂の奥の奥の奥へ、リオの存在が分け入っていく。

こみあげてくる思いが、勝手に、震える言葉に変換される。

「……この身が砕け散ろうが、全身全霊をもって、殿下を本国へお届けしますっ!!」

リオと自分の魂へ、誓う。

リオは微笑んで、その言葉を受け取る。

リオには暗闇以外のなにも見えない。ただ握った速夫の手だけが、この世界を歩き抜けるためのよりどころだった。なのに全然、不安にならない。速夫に任せていれば大丈夫、きっとこのひとが闇をこじあけ光を運んできてくれる。

「ひとつだけ、いいかな?」

「はっ！　なんでも仰ってください!!」

「その堅苦しい態度、なんとかなんない？　わたしのほうが疲れるんだけど」

「…………………」

前だけむいて歩きながら、速夫はぱちくり、目をしばたたく。

そう言われても。

リオは日之雄(ひのお)皇王家第二王女、自分は小作人の三男。

国家の頂点と最下層にいるふたりが、友達みたいに口を利いて良いわけがない。

リオはこれみよがしに溜息(ためいき)をつき、また明るく告げる。

「速夫(はやお)くん真面目(まじめ)だから、いきなりそんなこと言われても無理か。まあでもふたりきりなんだから、徐々になじんでいこうぜ」

「……はっ!!」

笑いながら告げるリオの優しさが、繋(つな)いだ手から伝わってくる。

それから一時間以上も山中をさまよって、ようやく。

「……聞こえます！　水の音です！」

「ほんとに？」

リオは速夫の真似(まね)をして、腐葉土に片耳をつけてみる。リオにはなにも聞こえないが。

「……あっちです！　絶対、川です！　川があればなんとかなります！」

速夫は意気込んで、リオの手を握って足取りに確信を持たせる。

半信半疑のリオだったが、導かれるまま二十分ほど歩いたのち、称賛の言葉が口をつく。

「速夫くん、すごい！」

目の前を流れる渓流へ手を差し伸べ、清らかな水を頬(ほお)に当てて、笑顔を咲かせる。

「あ、飲まないでください、煮沸してからでないと」

三歩で渡れるささやかな流れだった。だが周辺はさざれ石の河原があり、左右には切り立った崖。敵さえいなければここで焚き火を焚いて、飲み水を得たいところだが。

「もう少し上流へ行ってみましょう。洞窟か、崖の窪みでもいいです。火を焚いても発見しづらい場所を探したいので……」

速夫は慎重さを崩さない。リオもそろそろ休みたいが、しかし音を上げることなく速夫の意見を尊重する。

さらに一時間以上も探索をつづけて――

「速夫くん、ほんとにすごい……！」

深さ三メートルほどの岩窟の奥、固い地面に腰を下ろし、リオは晴れやかに拍手を送る。

「いえ、殿下が信用してくださったおかげです。ご苦労ばかりおかけして、本当に申し訳なく……」

速夫は頭を垂れて、それから安堵のあまり泣きそうになる。どうにか無事に朝を迎えることはできそうだ。

「だからー、いちいち謝んなくていいって。ふたりで協力して絶対帰る！　そうでしょ？」

リオの明るさが、速夫の気持ちを慰めてくれる。速夫はこぼれそうな涙をかろうじてこらえて、笑顔を返す。

「……はい！　絶対、殿下だけでも帰っていただきます！」

「不吉なこと言わないで！　ふたりで帰るの！　さ、もう休もう？　明日からまた大変みたいだし」

「はい。敷物もなくて申し訳ないですが、ここは殿下がお使いください。もうすぐ夜明けです、わたしは入り口のところで見張をします」

作戦前、源三郎から命令を口達されたあと、速夫はナイフ、マッチ、コンパス、物々交換用の煙草など、最低限の道具を身につけてから作戦に臨んだ。だが毛布も着替えもテントもない。リオには申し訳ないが、地面に直接横たわるしかない。しかしリオは文句ひとつ言わず、速夫を気遣う。

「ちゃんと休んでね？　無理しちゃダメだよ？」

「……はい！　もちろん休みます！」

速夫は笑顔で返事をして、リオを岩窟の奥に残してひとり、河原へ出た。

あと一時間少々で夜明けだ。できるだけ早く島を見渡せる高所へ出て、ひとが住んでいる場所がないか探したい。ラバウルへ戻るには、現地人の協力が不可欠。ガメリア兵に出会わないよう気をつけながら、源三郎の懐中時計と万年筆をうまく使ってエンジンのついた船を手に入れる。帰るには、それしかない。

――必ずリオ様を日之雄へ送り届ける。

──命をかけろ。ぼくはどうなってもいい。リオ様だけは絶対に生きて帰す……！

おのれを叱咤しながら、速夫はひとり、川の上流をめがけて歩いた。リオが休んでいる間に展望台を見つけて、島の全容を摑みたい……。


ひとりで岩窟に残ったリオは、周囲の暗闇を見ていた。

全くなにも見えない。手探りで岩の壁の形状を探り、横たわることのできるスペースを確認する。渓流のせせらぎに、フクロウと虫の声が重なるだけの静かすぎる夜。

石の床に横たわる。熱帯なので寒くないのが救いだ。今夜はいろいろなことがありすぎて疲れているからすぐに眠れるだろうと思ったが、全く寝付けない。

──本当に帰れるのかな。この先の一千キロは、ずっと敵地なのに。

──やっぱり、無謀すぎるんじゃ……。

──敵に捕まって、晒し者になったりしたら……。

闇のなかにひとりでいると、そんな最悪の結末がつい脳裏に浮かんでしまう。

「速夫くん」

心細くなって、唯一の味方の名前を呼んでみる。岩窟の入り口にいるはずなのだが、見えないし返事もない。

「速夫くん……？」

フクロウの声が返事だった。たぶん島全体を展望できる場所を探しに行ったのだろう。ひとりで行ったのは、リオに余計な負担をかけないためか。

──速夫くん、無理ばかりして……。

速夫の献身に、リオの胸がきゅんと締まる。

速夫はリオを助けた責任を取るために、疲れ切った身体に鞭打って頑張っている。

──わたしも、自分にできることをしないと。

──速夫くんは真面目すぎて、自分ひとりで抱え込んでしまうから……。

速夫は信頼できる従兵だ。この一年八か月、艦橋で聞いた秘密を誰にも洩らすことなく、同僚たちから距離を取って、司令官付き従兵の大役をこなしてくれた。艦内での食事は普通、同僚たちとわいわい騒ぎながら各自の持ち場で摂るのだが、速夫の場合は艦橋の秘密を守るためにいつもひとり、離れた場所で食べていた。水兵たちからはいつも羨ましがられ、ことあるごとにリオやイザヤの秘密を尋ねられたりしていたようだが、速夫は決して口を割らなかったと、あの水兵嫌いのミュウが認めるほどだった。

──わたしもがんばらなきゃ。自分のことは自分でできるように……。

そしてリオは目を閉じて、眠りを待った。

樹林の奥から聞こえてくる鳥や獣の声は恐ろしかったが、リオは速夫がすぐに帰ってくると信じて待った。そしてふと、今夜、おぶさった彼の背中のことを思い出した。

細いのに、しなやかで力強かった。リオを背負ったまま敏捷に斜面を登る速夫はまるで、絵本で見た風神さまのようだった。どんなに恐ろしい状況になっても、彼がいてくれたら大丈夫。そう信じられるなにかが、あの背中にあった。

——うん。速夫くんと一緒なら、きっと帰れる……。

そんなことを思いながら、リオは眠りの淵へ落ちていった。


目が覚めると、丸く切り取られた河原が見えた。

起き上がり、目をこすって、岩窟の入り口のむこうの河原をぼんやり眺め、自分がいまどこにいるのか再確認する。

岩窟を出ると、昨夜の雨雲はすっかり取り払われて、冴えた青空が輝いていた。

太陽の高さからすると、午前九時くらいだろうか。思ったよりもぐっすりと眠っていたらしい。リオは小川の水で顔を洗い、ハンカチで拭って周囲を見渡す。

速夫がいない。

「速夫くん……」

昨夜、ひとりで出かけたきり、まだ戻ってこない。

またしても不安が寄せてくる。

一点の濁りない青空も、川底の透ける清い流れも、泳ぎ抜けていく川魚たちも、速夫がいないだけで、なにやら不気味なものに思えてくる。

「え――……」

少し周辺を捜したほうがいいだろうか。でも戻れなくなったら困る。ここで待っていればきっと速夫が帰ってくるから、うん、動かないのが賢明だ……。

なんだか喉が渇く。お腹も空いてきた。しかし川の水をそのまま飲めばお腹を壊すし、火の熾しかたは知らないいし、魚の捕りかたなんてわからない。

――なにもできない……。

軍艦の艦長としての仕事はできても、ろくな装備もないまま自然のなかにひとりで放り出されてしまうと、水を飲むことさえできない。

「速夫くーん……」

敵兵のいる島で大声を出すわけにもいかず、情けない声で彼の名前を呼んでみる。

と、対岸の草むらからガサガサ、音がした。

はっ、とリオはそちらを見つめ、

「速夫くん……?」

呼びかけるが、返事はない。ただ葉ずれの音だけが、こちらへ近づいてくる。

――速夫くんじゃない？

――もしかして、ガメリア兵……？

ぞっとすると同時に、草むらから巨大なトカゲが現れた。

「あー………っ」

悲鳴をかみ殺し、リオはその場に尻餅をつく。体長一メートル以上もある大物だ。濃緑色の鱗に覆われた身体をのたのたと揺らし、川をくだって逃げていく。

「……トカゲなの、いまの……!?」

リオは尻餅をついたまま、逃げていく大トカゲを見送る。日之雄では見たこともないバケモノだ。

「速夫くん、どこぉ……。早く帰ってきてぇ……」

涙目になってリオは風景に呼びかけるが、応えるのは森の木々のざわめきのみ。

涙目のままうろうろしたり、岩窟に引きこもったり、小川にハンカチを浸して身体をぬぐったりすること一時間半。

「申し訳ありません殿下、遅くなりましたぁ……っ!!」

息せき切って速夫が戻り、リオは安堵のあまり泣きそうになる。

「速夫くん!!　良かった、生きてた、良かったぁ……」

抱きつかんばかりの勢いで速夫の両手を握りしめ、両足でぴょこぴょこ飛び跳ねる。

「すみません、怖かったですか？　島を展望できる場所が見つかりました。帰路、使えそうなものを拾って歩いていたら時間がかかってしまい……！」

「うんうん、なんでもいいよ、戻ってくれたからなんでもいい！」

「これ、お土産の椰子の実です。近くに椰子の林を見つけたので、しばらく飲み物には苦労せずにすみます」

「うん、ありがと、もうひとりにしないでぇ……」

　椰子の実を小脇に抱いて、半泣きの表情で訴えかけるリオへ、速夫はびしりと背筋を伸ばして、

「……はっ！　以後、常に殿下と行動を共にいたしますっ!!　すぐに魚を捕まえますので！　お待ちください！」

「わたしも捕る！　どうやって捕るの？」

「え？　あ、いえ、あの、殿下がやるには、ちょっと……」

「……？」

「……下着だけになり、上流にむかって股を広げるのです。すると魚が股の間に入ってくるので、手で摑みます」

　速夫は言いにくそうに、原始的な漁の説明をする。速夫の生まれた山村では、子どもはそうやって魚を捕っていたそうだ。

「面白そうだけど、確かにちょっと抵抗あるねー」

「殿下はよろしければ、地面に落ちている太めの枝を見つけていただけませんか？　できるだけ乾燥した枝が望ましいです」

「うん。それならできそう」

それぞれの役割を決めて、二時間後。

「速夫くん天才。すごいね。なんでもできるね」

穏やかな午後の日差しを浴びながら、ふたりは河原に腰を下ろし、熾火で焼いた川魚に舌鼓を打っていた。

ほこほこの白身を頬張って、リオは瞬く間に三尾目を骨だけにする。お腹が空いていたこともあり、塩も振っていないただの川魚がこれまで食べたどんな食べ物よりもおいしい。

速夫も自らの股で捕った魚を五尾たいらげて、照れくさそうに笑う。

「ひとの手が入っていない川だから、魚も警戒心が薄く、よく捕れました。殿下のおかげで運に恵まれただけです……」

「煙もほとんど出ないし！　不思議だね、この燃やしかたがいいのかな？」

石の竈の熾火に、即席の竹串に刺した魚を並べているのだが、煙はほとんど出ておらず、出ても風に散っている。

「熾火を慎重に作るのがコツです。殿下が良い枝を拾い集めてくださったおかげで、良い感じにできました」

竈の底では、リオの拾い集めた太めの枝が赤黒く燃焼していた。串刺しの魚の傍ら、半分に割った椰子の実に川の水を汲み入れて、煮沸している。椰子の実も豊富にあるから、飲み物の心配はない。

「これならさ、しばらくここに隠れててもいいんじゃない?」

「はい。展望台から眺め渡したところ、それほど大きな島ではありません。おそらく全周は五十キロメートル程度ではないかと」

「小さいね」

「海ではガ軍の海上艦が漂流中の兵士を回収していました。島に降り立った敵兵も、ほどなく退去するはずです。問題は、落下傘降下した日之雄の水兵を敵が捜索するか、しないか、その一点」

昨夜、「村雨」から落下傘降下した水兵たちは二千名近い。ガ軍は彼らを捜索するだろうか。

「わざわざ捜索してまで水兵を捕虜にするメリットが敵にはありません。降下した兵が組織だった抵抗でもしない限り、放っておかれると予想します」

「うん。だったら、ここでしばらくおとなしくしていれば……」

「はい。見渡せた範囲内では、敵の見張所らしきものもありませんでした。敵がいなくなるまではここを拠点にして島内を探索し、脱出に必要な準備をするのが最善かと」

「そうだね。敵がいなくなっちゃえば、もっとおおっぴらに焚き火もできるし」

「……殿下にはご苦労をおかけしますが……」

「わたし、そんなに辛くないよ。むしろちょっと、楽しくなってきたくらい」

強がりでもなく、素直な気持ちだった。

ひとりになったときは不安だったが、速夫が戻ってきて水と食糧が手に入り、今後の目標が立てられたことで、気持ちが楽になってくる。

「そう言っていただけると、わたしとしても非常にうれしく思います。殿下に山の民の生活をさせてしまうことが心苦しいですが……」

「てか、堅い。堅いんだよなあ、速夫くん。しばらくずっとふたりっきりなんだから、もっと気楽にいこう」

微笑みかけるリオへ、速夫は恐縮した表情で目線を伏せ、

「はい……。できるだけ、気楽に対処できるよう、粉骨砕身努力いたします……」

「うーん。堅いぜ。ま、とにかく休みなよ。全然、寝てないでしょ？　展望台はいつでも行けるし、速夫くんが働き過ぎで倒れると困るし」

リオに促されて、速夫は少し岩窟で眠った。自分では気づいていなかったが、身体は疲れ切っていたらしく、横になった瞬間に眠っていた。

太陽が傾いたころに目を覚まし、リオと一緒に展望台へと赴いた。

岩窟を出て、川沿いに斜面を上がること一時間弱。

「わあ」

高さ七百メートルほどの稜線から、島全体を見晴らすことができた。

午後六時、夕陽が世界を蜂蜜色に染め上げて、緑色の山肌が裾へむかって脈打ちながら延びていた。

「昨夜、敵兵が降りた砂浜があそこです。誰もいなくなりましたね」

速夫は島の東北東、三日月形をした砂浜を指さした。言葉どおり、ひとのすがたはない。沖合ではガ軍の小型艦艇が活発に行き来するのが見て取れて、時折、水上機がラバウル方面へ飛んでいくのも確認できた。

「漂流者の回収が終わったのでしょう。島内を捜索する様子もありません」

ふたりはしばらく黙って、島の全体像を確認した。だんだん日が翳ってきて、天頂に星がまたたきはじめる。

「集落らしきものも見えません。無人島かもしれないです」

「この島にいるの、わたしたちだけ……?」

「……南西に見える大きな島、恐らくイザベル島でしょう。ガ軍の基地はなく、見張所がありますが駐屯する兵は大した数ではありません。いかだを組んであそこへ渡り、島民から船を調達するのが最善と思われます」

速夫は二十キロメートルほど離れた島影を指さす。端っこが空気のかすみに溶けて見えないくらい、大きな島だ。

「どうにかしてイザベル島へ行かないと、帰れないわけね」

「はい。明日は、島の全周を歩いてみましょう。使える漂着物があるはずです。うまくいけばいかだを組めるかもしれません」

「うん。明日ね」

方針が立ったところで、暗くなる前にふたりは岩窟へ戻ることにした。敵兵がいるかもしれないため火は焚かず、リオは岩窟の奥、速夫は入り口付近でそれぞれ眠った。

漂流生活二日目——

「ほんっとに、ひといないねえ」

海沿いを歩きながら、リオはぼやいた。

「そうですね……。掛け小屋さえないってことは、やっぱりここは無人島かも……」

速夫も言葉を返して、道なき道を歩いて行く。一昨日の艦隊決戦の名残だろう、時折、波打ち際に装備品や器材、ロープ、鉄板、鉄骨の残骸が打ち上げられていて、速夫は逐一それらを調べ、使えるものはいただいた。

岩場の突端に流れ着いていたガ軍の麻袋を拾い上げて、リオは快哉をあげる。

「やった！　袋発見！」

「お手柄です！」

速夫はポケットに詰めていた鉄屑を麻袋へ移し、肩に担ぐ。リオにはガラクタにしか見えないが、加工すれば包丁や釣り針、獣を仕留める銛として使えるという。

「なんだか面白いね。ちょっとずつ進歩してる感じ」

「はい。道具がそろえば、生活も楽になります」

言葉を交わしながら、漂着物を拾い上げ、ふたりは島の南側へ辿り着いた。展望台から見えたイザベル島は、ここからでは大気のかすみに隠れて見えない。昨日はこの海域をガ軍の小型艦艇が行き交っていたが、漂流者の回収が完了したためか、いまはいなくなっている。

砂浜を通り抜けて、傾斜をあがり、昨夜「東雲」を視認した崖の上へ。

十時間三十分ほどで、島を一周できた。その間、出会った人間は皆無。

「……無人島っぽいね……」

「そうですね。海岸線に集落がないということは……無人島である可能性が高いです」

そして、速夫は考えてしまう。

——本当にここが無人島だとしたら。

——戦争が終わるまでここにいればいいのでは……。

水も食糧も、この島は豊かだ。三、四年はここで安全に暮らしていける。危険を冒してイザベル島へ渡る必要が、本当にあるのか……。

──でもそれだと、リオ様とずっとふたりきりに……。

その想像だけで、手足が震えてしまう。

日之雄（ひのお）において、皇王家一族は神に等しい。なかでもリオは皇王直系の血を引いており、肉声を拝聴することはおろか、すがたを直視することさえ庶民には許されない。そんな現人神（あらひとがみ）とふたりきりで三年も四年も、この島で過ごしたなら……。

──恐れ多い……!!

──ていうか絶対、理性を保ちきれない……っ!!

自分が制御できなくなるのが怖い。

昨夜だってそうだった。三メートルの距離をあけたところでリオが眠っていて、健やかな寝息を聞きながら、速夫だって眠いはずなのに、リオを背負って歩いたときの柔らかさと体温、甘い匂いが思い出され、なかなか寝付けなかった。

──変なこと考えるな。そんなこと考えていたらリオ様に嫌われる。

──真面目（まじめ）にやれ。それだけが取り柄なんだから。絶対、変なこと考えるな。

自分を叱りつけていると、不意にリオが傍（かたわ）らの草むらを指さした。

「速夫くん、あれ!!　わたしが見たでっかいトカゲ！」

見やれば、体長四十センチほどの大トカゲが草むらからこちらを見つめていた。

速夫（はやお）は表情を緩める。

「このあたりによくいるやつです。ウィルヘルム基地の周辺にもいましたよ。屋台ではあれの肉を売ってました」

「えええ!?　あれ、食べるの!?」

「素揚げにしたり串焼きにしたり、現地人にはごちそうです。実際、おいしいです。貴重なタンパク源ですし、捕まえますね」

「えええええええっ!?」

「動きは鈍いんで、簡単です」

速夫は腰に差していたナイフを抜いた。

そしてゆっくり、大トカゲへと歩み寄っていく。

「残酷なので、殿下は見ないでください」

「ひええ……」

言われるまま、リオはその場で反転し、速夫に背をむける。

ざざざ、と草むらの鳴る音。ぎぇっ、という短い悲鳴。

「まだ見ないでくださいね。処理してますんで、気持ち悪いですから」

「うん……待ってる」

待つこと数分。

「終わりました！　今夜はごちそうです!!」

トカゲの肉が入っているとおぼしい麻袋を肩に担いで、速夫はにっこり微笑んでいた。

その夜——

岩窟前の河原では、竹串に刺したトカゲ肉が焚き火に炙られ、芳ばしい香りを立てていた。

満天の星空がふたりの頭上にきらめいて、熾火の赤黒い光が、リオの笑顔を照らし出す。

「おいしいっ!!　焼き鳥みたい!!」

「ささみの味がしますよね」

「速夫くんすごいね！　ふるさとにもこういうのいたの!?」

「いませんよ。野鳥の処理は知っているので、同じ感じで血抜きして、内臓を抜いて……ってやっただけです」

熾火に小枝を足しながら、速夫もトカゲ肉を頰張る。肉を差している竹串は、速夫が自作したもの。竹は東南アジアにも多く自生していて、食器や鍋、泥水の濾過器としても使える。

「塩があるといいのかな」

「明日、海岸に行って作りましょうか」

「速夫くん、なんでもできるねー」

「貧乏だったので、なんでも自分でできないと食べるものがなかっただけです……」

速夫は照れながら返事する。リオは肉を食べ終えて、うーん、と伸びをする。

「速夫くんのふるさとの話、聞きたいな。どんなところ？　家族はどんなひと？」

焚き火のむこう、折った膝を両手で抱えて、リオは興味津々の面持ちで尋ねてくる。

「鹿児島の山奥です。田んぼと畑と川しかなくて、家族は祖父と祖母、両親に、兄ふたり、姉ひとり、弟ひとり、妹ふたり。小作人なので収穫はほとんど地主に納めて、雑穀ばかり食べてました……」

求められるまま、速夫は生まれ故郷や生い立ちについてリオに話した。会話することで、不安や寂しさを紛らわすことができたし、ありふれた話なのにリオが楽しそうに聞いてくれるのがうれしかった。

「小学校の成績が良くて、先生がぼくに海兵団行きを勧めてくださって。でも貧乏だから、小学校を出たら働くつもりだったんです。そうしたら兄と姉が反対して。お前は頭がいいんだから行け、って言ってくれて……。試しに試験を受けたら、受かっちゃいました……」

海兵団の入団試験は、競争率十倍以上の狭き門だ。日之雄じゅうの貧しい家庭に生まれた優秀な次男、三男がふるいにかけられ、選び抜かれた少数精鋭だけが帝国海空軍の水兵として軍艦に乗り込むことになる。

「横須賀海兵団へ行くときは、村の人が総出で見送ってくれました。地主さんが大威張りで『村の誇りだ』なんて言ってて、くすぐったくて……。それから運良く、殿下の『飛廉』に乗り込むことになりまして……」

「旗艦の司令官付き従兵なんて、水兵さんのなかで一番すごいひとでしょう？　速夫くん、やっぱりすごいんだよ」

リオに面とむかって褒められただけで、速夫は宙に舞い上がってしまいそう。

「家族のおかげです。運もありましたし、なにより殿下がわたしを従兵として認めてくださったから……」

「謙遜ばっかりだよね。ちょっとは威張ってもいいのに」

リオの言葉に、速夫は照れて頭を掻くことしかできない。面とむかって内親王殿下から過分なくらいの言葉をいただき、幸せで仕方ない。

リオは渓流の上空、断崖に切り取られた星空を見上げた。

星の光が強い。三千の星彩が音もなく、ふたりだけの河原へ降り注いでくる。

「きれいだねー……。なんか、おとぎ話のなかみたい……」

「本当に。我々だけ、世界から捨てられたみたいです」

「あはは。言いかた、ロマンチック」

なにげない言葉を交わして、ふたり、熾火を見つめる。

せせらぎの音が心地良く、世界が静止しているかのよう。

「いま戦争してるなんて信じられない」

「そうですね。別の世界の出来事のように思えます」

少しだけ、言葉が感傷的になってくる。

沈黙が来ると、自分の鼓動がリオに聞こえてしまうのではないかと、速夫は不安になる。

さっきから胸がドキドキして仕方ない。

熾火に照らされるリオの瞳に自分だけが映っている。その事実が、鼓動をさらに高く強く押し上げる。

「こうやって誰かと戦争以外のこと話すの、久しぶり」

リオはぽつりとそう言った。

「ひとと話す内容、ずっと戦争のことだけだったから。なんか、すごい楽しい。もっと聞きたいな、速夫くんや水兵さんたちのこと」

無垢な微笑みが、速夫へむけられる。

「あ、はい！　同僚の話でよければ、わりといくらでも……」

「聞きたい。できるだけしょうもない話がいいな。笑えるやつ」

悪戯っぽく、リオはそんなことを言ってくる。

「殿下が笑えるかわかりませんが、変な仲間はいっぱいいたので、そちらの話題でよろしければ……」

「いいよ、全然おっけー。水兵さんがどんな生活してるのか、興味あるし」

リオは速夫に話を急かす。

思い出すまま「飛廉」と「村雨」での出来事をリオに話してきかせる。

他愛ない話なのに、リオはけらけら笑いながら聞いてくれて、話すほうも楽しくなる。口下手だけれど、変な水兵は大勢いたので、ネタには事欠かない。

「あはは。あはは。そんなひといないよー」

リオは文字どおり、お腹を抱えて笑い転げる。

「ほんとなんです！　匂いだけで白之宮殿下の居場所を割り出せる分隊長がいらっしゃって、みんなで殿下の通り道に待ち伏せして、言葉をかけてもらおうと掃除に励んだり……」

「そんなの、犬でも無理だよ！」

「風之宮殿下の居場所を嗅ぎ当てる水兵もいました！　彼らによると白之宮殿下がレモン、風之宮殿下はオレンジの匂いがするからすぐわかると……」

「そんな匂いしないよ！　めちゃくちゃだな水兵さんたち、面白いなー」

リオは投げ出した両足をぱたぱた動かして笑い転げる。よほど楽しい話に飢えていたらしく、それほど面白くもない話でもあけっぴろげに笑うから、速夫はうれしくて仕方ない。

――リオ様と、友達みたいに話してる……。

夢みたいだ。いや、もしかすると夢かもしれない。本当は自分は「村雨」で死んで、長い夢を見ているだけかも。そうでないと、リオとこんな近くで笑って話なんてできるわけがない。

——うん、そうだ、ぼくは一回死んで、これは夢ってことにしよう。

そう思い込むと、開き直ることができた。なにしろ夢なんだから、リオと友達になったっていいじゃないか。

「おなか痛い。死んじゃう。おなか痛い……」

「それで、手押し相撲で勝ったほうが風之宮殿下の限定グッズをもらえて、負けたほうは鬼束兵曹長のふんどしをはかないといけないことになって……」

「なんでそうなるの。おなか痛い。おなか痛い……」

「手押し相撲なのに最後は殴り合いになって、双方ルール違反ってことでふたりとも兵曹長のふんどしをはくはめになって……」

「あはは。死んじゃう、やめてぇ……」

「飛廉」でも「村雨」でも毎晩のようにしょうもない出来事が起きていたため、話題は尽きなかった。

話題より先に火が消えた。集めた枝は、すっかり燃やしてしまっていた。

「火が消えちゃったので、そろそろ寝ましょう……」

「えー。もっと聞きたい……」

「明日はここを出て、海岸の近くに新しい滞在場所を探します。船を作るにはそちらのほうが都合が良いので。明日も体力を使うので、今日はこのへんにしましょう」

速夫が促すと、リオは目元を指先でぬぐい、笑顔を持ち上げる。

「あーあ、笑った笑った。こんなに笑うのいつ以来だろ。楽しかったぁ……」

速夫も大きく伸びをして、

「良かったです。こんなに笑っていただいて……うれしいです」

「うん。ありがとう。明日もがんばろうね」

「はい。日之雄へ帰れるよう、がんばります」

そう告げると、リオは不意に黙った。

せせらぎの音だけが、ふたりの間を流れる。

なにげない言葉を返したつもりだが、雰囲気が変調をきたす。

「……そうだね。がんばらないとね」

ややあってから、リオはそう答え、立ち上がる。

「お休みなさい」

「はい。お休みなさいませ」

月明かりを頼りに、リオは岩窟へと戻っていった。

速夫はひとり河原に残って、燃えさしを棒でつついて灰にする。半分に割った椰子の実に灰と水をいれ、上澄みをすくって竹筒に移す。

単調な作業をしながら、楽しかったひとときの余韻と、こころのなかでうごめくなにかを、じぃっと見据える。

——変なこと、考えるな。

——リオ様を日之雄に帰すためにがんばるんだ。それがぼくの役目だから。

——リオ様は、日之雄にとって必要なかただから……。

速夫は何度も自分にそう言い聞かせつづけた。そうしていないと、自分のこころのなかから身勝手なものが出てきて、個人的な願望をさえずりそうになる。

——絶対ダメだ。ぼく自身の願望なんて、なんの役にも立たない。

——仲間たちはいまも戦っているんだ。死んでしまった仲間も大勢いる。

——ぼくだけ身勝手なことをしたら、彼らに顔向けできない……。

竹筒が上澄みでいっぱいになった。これに衣服を漬けて洗うと汚れが落ちる。今日の作業を終えて、速夫はその場で仰向けに寝転ぶ。

満天の星空に、リオの笑顔が透ける。

胸がまた疼く。

いつまでも今日みたいに、リオと笑いながら夜を過ごすことができれば……。

気を抜けば、そんな身勝手な願望がささやきかけてくる。

——考えるな。そういうこと、絶対、考えちゃダメだ。

——風之宮長官に託された責務を果たすんだ。必ず殿下を、日之雄へお戻しするんだ。

深夜を過ぎても、速夫はひとり、自分を律した。リオとふたりきりだからこそ、強固に自分を制御していなければ。それができなければ司令官付き従兵として失格だし、誰よりもリオに軽蔑されてしまう。

——忘れるな、ぼくは小作人の三男、リオ様は日之雄皇王家内親王殿下。

——身の程を弁えていろ。絶対、思い上がった真似をするな……。

自分の浅はかな願望を自意識から完全に排除しようと、速夫はいつまでもいつまでも、自分にそう言い聞かせつづけた。

ともかく直近の目標は、イザベル島へ渡ることのできるいかだを作ること。

目覚めたリオと速夫は椰子の繊維で歯磨きして、渓流沿いに山をくだり、島の北側の海岸へ移動した。幅五メートルほどの小川が海に注ぎ、両側に原生林がある場所を新たな拠点にして、周囲をふたりで探索する。

「バナナ発見！」

リオが樹林の高いところ、青々としたバナナの房を指さして快哉をあげる。

「椰子の実もたくさんあるし、魚もよく捕れますし、こうなると塩も欲しいですね」

「わたしもお塩欲しい！　船はとりあえず後回しでよくない？」

リオに急かされ、岩場へと移動した。岩の隙間には天然の塩が付着しており、これをこそぎおとす。

「苦みが強いですが、塩は塩です。水と塩があれば人間は健康を保てるとか」

「あとは住むところをなんとかしたいなー」

「そうですね。せめて床と屋根は欲しいですね……。今日は家の材料探しをやりましょうか」

「おっけー」

にこやかにリオは応じて、原生林へ分け入っていく。

「Y字形の倒木を見つけたら教えてください。四本あれば床が作れるので」

「あいさー」

三時間ほどかかって必要な形状の倒木を集め、川沿いまで戻って、ちょうどよい間隔をあけた二本の立木を発見。

Y字の倒木を立てて、立木にロープで結びつけ、Y字の上に頑丈な丸太を二本、平行に渡す。

並んだ二本の丸太へ、太い枝を差し渡していけば、高床ができる。

「天井は落下傘です。仮小屋としてお使いください」

高床の上を覆うのは、降下したあと隠しておいた落下傘だ。雨よけとしてはこれで充分。

「すごーい。家ができちゃった」

リオは寝台に横たわり、寝心地を確かめる。即席にしては悪くない。

「仮の寝床です。できれば壁も作りたいですね」

「速夫くん。贅沢言っていい？」

「なんなりと」

「そこの川で、洗濯と水浴びしたい」

「あ！　申し訳ないです、気づきませんで……。そうですよね、はい、わたし、むこうで今夜の食糧探しますので！　どうぞどうぞ！」

「うん。三十分くらいで終わるね」

「わかりました！　好きなだけゆっくりなさって、終わったら指笛を吹いてください！　あとこちら、石鹸として使えますのでどうぞ」

速夫は昨夜取った灰の上澄みが入った竹筒をリオへ渡し、小川の反対側の原生林へ駆け込んでいく。

リオはその背を見送って、ひとりで河口へ赴いた。

清澄な流れは砂浜を抉って海へ注ぎ、上流を見やると、稜線のむこうに太陽が沈もうとしていた。周辺は充分に探索し、誰もいないことは確認している。

リオは砂浜で軍服を脱ぎ捨てると、裸になって小川へ飛び込む。

腰あたりまで水に浸かる。ほどよい冷たさが全身へ染み込む。両手で水をすくって顔を洗い、笑顔を空へむける。

「あ――……。気持ちいい…………」

軍艦生活では水が貴重だから、こんな贅沢はまず無理だ。思うさま泳いだり、仰向けに浮かんだり、ひとしきり楽しむ。

「幸せ……」

水に浸かりながら、思わずそんな言葉がこぼれ落ちる。

生きてて良かった。

いましみじみそう思う。こんなに自由な時間を過ごせるのは、御学問所へ通っていた子どものころ以来だ。戦争のことを忘れ、ただ今日を生きていくことにこれほど充実感を覚えるなんて。

「速夫くんのおかげだよ……」

水に仰向けに浮かびながら、素直な気持ちが言葉に変わる。

水も食糧も住むところも、リオひとりではどうにもならなかった。速夫がいてくれるから、無人島でも怖くない。いや、怖くないどころか、むしろ楽しい。不自由だけれど、必要なものを自分で調達し、工夫して生活に役立てる作業は充実感がある。

――戦争で人殺しするより、全然いい……。

空の色がだんだん暮れていく。

鳥たちが山へ戻っていく。

また夜が来て、焚き火を囲み、夜更けまで速夫と話をしながら時間を過ごすのだ。そう思うだけで、リオは幸せな気持ちになってくる。

「気持ちいいなあ……」

何度目かの、同じ言葉をまた口にする。

そして、これが当たり前なんだよな、とほのかに思う。

自然に囲まれることで、感性がまともな人間へ戻っていくというか。

──この島、過ごしやすい……。

──しばらく、この島にいてもいいかも……。

そんなことを思いながら、リオは水からあがった。

裸身から水滴をしたたらせながら、肌着を干した木の枝に歩み寄る。

肌着が、ない。

「……え？」

木の根元、たたんでおいた軍服も、消えてしまっている。

「え」

速夫の悪戯だろうか。いや彼がそんな悪趣味なことをするはずがない。

突然──

ざっ、とうしろから複数の足音が鳴った。

見開いた目を、背後へむける。

浅黒い肌をした現地人が二人、両手に構えた銛の先をリオへむけていた。

遅い。

水浴びが終わったら指笛で呼ぶはずなのだが、いつまで経っても聞こえてこない。樹林で食べられそうな草や木の実を物色しながら、速夫は不安そうにリオがいるであろう小川の方角を眺める。木々が邪魔をしてリオのすがたは見えない。水浴びを覗き見るわけにいかないため、必要以上に小川から離れたわけだが、あまり離れすぎるとリオになにかあったときにすぐ戻れない。

——戻ったほうがいいかな。

そう思うが、しかしあまり早く河原に戻って、裸のリオに出会ってしまったら申し訳が立たない。変質者だと思われたら悲しくて死んでしまう。だから心配しながら指笛を待っているのだが、水浴びがはじまってそろそろ一時間経つというのに、なにも聞こえてこない。

速夫は意を決して、小川の流れが見えそうで見えないくらいの位置まで戻って、林のなかからリオへ呼びかける。

「殿下っ。いらっしゃいますか!?」

返事はない。今度はもう少し大きな声で呼んでみる。

「いらっしゃったら返事してください!!　殿下っ!!」

返ってくるのは潮騒(しおさい)だけ。

――これは……まさか……。

「あの、すみません、わたし、河原へ行きます!!　いまからそちらへ行きますからね、決していやらしい目的ではなく、殿下の安全のために!!」

声を張り上げて、なんの返事もないのを改めて確認してから、速夫は意を決して樹林を出、小川の河口付近へ戻る。

誰もいない。

ただこれから茜(あかね)色に染まろうとする無言の風景があるのみ。

「これは…………」

絶句する。砂の河原へ赴(おもむ)くと、複数の足跡が残っている。

ぞっ、と背筋が凍る。

「ひと……っ!?」

ここまでの探索では現地人の気配はなかった。もしかすると隠れてこちらの様子を窺(うかが)っていたのか。そしてリオと速夫が別行動を取るのを待ち受け、リオだけを連れていったとしたら……。

「リオ様……っ!!」

速夫(はやお)は焦りながらも、河原(かわら)に残った複数の足跡が小川を挟んだ反対側の樹林へつづいているのを確認し、それを追って走る。

腰のナイフを確認。最悪、現地人と戦闘になる。陸戦訓練を定期的に受けてはいるが、実際に人間を殺したことなどない。

だが、この場合。

——リオ様を救うためなら、敵を殺す。

——ぼくはどうなってもいい。リオ様だけはお守りするんだ……!!

右手の震えを、悲壮な決意で抑え込む。

樹林に入ると腐葉土のために足跡が消えた。争った形跡はない。速夫は土に片耳をくっつけて、音を聞く。

自分の心音が邪魔だ。右の耳に全神経を集中させる。

ほどなく。

——歌?

かすかな旋律が、地面に当てていない左耳へ届く。

息をのみ、耳を凝(こ)らす。

これは、日之雄(ひのお)の唱歌……?

「リオ様……っ！」

間違いない、澄んだ声で歌っているのはリオだ。

速夫は歌の聞こえてくる方角へ駆け出す。

ほどなく、丸くひらけた森の広場に辿(たど)り着き、

「あぁっ、リオ様ぁ…………」

安堵(あんど)のあまり、速夫はその場に跪(ひざまず)く。

「あ、ごめん、速夫くんに知らせなきゃと思ってたんだけど、この子たちが遊ぼうって……」

リオは木の株に腰を下ろして、現地人の子どもたちを手の先で示す。

小さな銛(もり)を手にした十才くらいの男の子と女の子が、リオにくっついて笑っていた。話を聞けば、子どもたちが悪戯(いたずら)をして、リオの服をここに隠したのだという。裸だったので、服を返してもらってから速夫を呼ぼうと思っていたが、この子たちに遊ぼうとせがまれて、一緒に歌っていたとのこと。

速夫は泣きそうな表情を持ち上げて、

「心配しました、なにかあったらすぐ呼んでください、わたしはもうてっきり、リオ様がてっきり……」

言葉に涙が紛(まぎ)れてしまう。なにはともあれ無事で良かった。にじんでしまう視界のうちで、ようやくリオの格好に気づく。

「この子たち、わたしの肌着が欲しいらしくて、この服と交換してくれって。仲良くなるにはいいかなと思って交換したんだけど……どう?」

リオはちょっと照れくさそうに、その場で立ち上がって、現地人の女性の衣装を速夫に見せる。

胸に布地を巻き付け、腰布を斜めに掛けて、頭と胸元に花飾りをつけているだけ、鎖骨もへそも太股も露出している。内親王殿下の大胆すぎる出で立ちに速夫はどぎまぎしながら、

「あ、いえ、その、それはもう……この地域では最高の変装です」

肌がキレイすぎるが、この衣装を着ていれば現地人に紛れ込むことができる。敵中突破を行うには軍服はどこかで捨てる必要があったため、非常にありがたいのは確かだが。

——刺激が強すぎる……。

現地人の服装はつまり、下着姿と変わらない。日之雄中の男子を日夜悶々とさせる風之宮リオ内親王の恵まれすぎた曲線がこれでもかと露わに間近から速夫に突き立って、否応なく青春が反応してしまう。

速夫はリオに気づかれないよう、深々と平伏したままおのれの青春を必死になだめる。

「この子たちに、集落へ案内してもらおうよ」

リオはふたりの子どもへ微笑みかけて、身振り手振りで話しかける。

子どもたちはわかっているのかいないのか、リオにむかってさっきの唱歌を歌う。

「わかった。歌いながら家に帰ろう。きみたちのパパとママ、紹介してね」

リオはそう促して、ふたりの子どもと手を繋ぎ、さっきの唱歌を歌いながら歩きはじめる。

空は暗さを増していくが、子どもたちの足取りは迷いがない。

昨日の探索は海岸線のみだったが、集落は山の深いところにあるようだ。

山は実質、川沿いしか歩くところがない。だから川のないところにある集落は、見つけるのはまず不可能。恐らく、泉かなにかがあるのだろうと速夫は推察する。

小一時間ほど歌いながら歩いていると、どこからともなく、合図の呼び声のようなものがこだましはじめた。リオと速夫が近づいてくることに、集落の現地人が気づいた様子。警戒を促すような響きが、複数の呼び声から伝ってくる。

「大人が敵意を持っていなければ良いのですが」

速夫は警戒する。

「子どもたちが素直で明るいし。親もいいひとだよ」

リオは能天気に答えて、子どもたちと歌いながら歩く。

ほどなく森が切れて、小さな集落が現れた。

現地人の中年男性が三人、集落の入り口に立ってリオと速夫を出迎えた。敵意より戸惑いと恐れのほうが優っている。武器らしきものは持たず、ふたりの子どもと現地の言葉で会話しながら、なにやら叱りつけている様子。

草葺きで高床の家屋が三世帯ほどあって、中央の広場には焚き火と、不安そうな子どもが四人。老婆と中年女性が五名ほど、集落の片隅に集まって暗い目でこちらを見ていた。服装はほとんど半裸で、浅黒く日焼けした肌に絵の具で紋様を描いている。

明らかに、突然集落を訪れた日之雄人に対して戸惑っている。

恐らくこちらの存在は知っていたが、用心のためにすがたを隠していたのだろう。子どもたちを叱る様子は「なぜ彼らをここへ連れてきたのか」と問い詰めているようにも見える。

任せて、とリオは速夫に短く告げて、友好的な微笑みをたたえ、王族らしい優雅な一礼を彼らへ送る。

それからリオは、流ちょうなリングランド語で彼らへ話しかけた。

通じる保証はないが、今日までおよそ三百年間、ソロモン諸島は西欧列強の植民地だった。もしかしたら、理解できる大人がいるかもしれない。

ここへ来るに至った事情、敵意はないこと、島を出るために協力が必要であること……。

訥々と語るリオだが、住民たちの反応は薄く、明らかに通じていない。

と、叱られていた子どもが、リオの肌着を示してなにごとか告げた。大人たちは肌着を手に取ると、伸縮性を確かめたり、顔に押し当てて匂いを嗅いだり。リオは困ったような笑みを速夫へ送って、

（複雑な気分なんですけど……）

（ここは我慢するしか……）

言葉が通じない以上、いきなり「船が欲しい」などという交渉は無理そうだ。危害を加えるつもりはないこと、友好的に過ごしたいことを身振り手振りで伝えると、男性たちは不思議そうな顔を見合わせて、それから「あっちへ行け、帰れ」と言うような強めの調子で、集落の外を指さした。

突然現れた異邦人を迎え入れるほど能天気ではなさそうだ。しかしとりあえず危害を加える素振りはなさそうだし、ふたりの子どもとは仲良くなれた。少しだけ事態が進展したことを良しとして、今日は引き揚げよう。

「ありがとう。これ、友好のしるしに、どうぞ」

速夫(はやお)は胸ポケットにいれていた煙草(タバコ)を二本、現地人の男性へ渡した。「村雨(むらさめ)」脱出の直前、物々交換用に取っておいたものだ。ソロモンやニューギニアの現地人には、これが一番喜ばれる。

男性は意外そうな表情で煙草を受け取り、黙ってリオと速夫を見送った。

リオは子どもたちへ手を振って、取り戻した自分の軍服を手に持ち、森のなかを速夫と並んで歩く。

「ごめんね、心配かけちゃったね」

「いえ、ひとがいるのはなによりです。それに、その服が手に入りましたし。これからしばらくその衣装のままでいてくださると、道行きが楽になります」

「だったら速夫くんも、現地のひとの格好しないと」

「あー……。いえ、わたしはいざとなれば、上を脱げばいいだけなので」

速夫の格好は夏季水兵服で、半袖の上衣に半ズボン。上だけ脱いで身体に泥など塗り込めば現地人に紛れ込める。

「ふーん。なんか不公平」

リオは不満そうだが、さすがに内親王殿下の前でいつも上半身裸なのはためらわれた。リオだけが半裸なのは確かに不公平だが、安全のためにはその格好が最上だった。

「ご苦労をおかけしますが、無事に帰るためです。最終的に、日之雄軍の支配地域に入ったときに殿下の軍服が必要になりますから、捨てずにお持ちください」

謝りながらも、今日新たに決めた野営地へ戻る。

月が煌々と照らし出す砂浜は、照明が必要ないほど明るかった。

「ゆっくりだけど、良くなってきてる。きっと大丈夫だよ」

ふたりきりの砂浜で、リオはそう言って微笑んだ。

南国の宝石箱じみた星空の下、肌も露わなリオとむかいあっていると、速夫の内側にうごめくものが大きくなる。

浅はかな衝動に負けるわけにいかない。ぼくはリオ様を守るために命をかけるのだ。改めてその誓いをこころの内壁へ擦りつけて、速夫は毅然と返事する。

「はい。今夜の食糧、バナナと椰子(やし)の実だけですが、調達済みです」

「うん。一緒に食べよう。それでまた、お話ししようね」

「はい。殿下さえよろしければ」

速夫(はやお)は海からは見えない木陰に石の竈(かまど)をしつらえて、火を熾(おこ)した。

昼間、集めておいた食糧を並べて、リオと談笑しながら夕食を摂る。

星空は夢幻を帯びていた。穏やかなふたりだけの時間だった。リオの明るい笑い声が風に乗り、星の海へ流れて消える。

この島に降りたって、すでに三日。

初日は自死さえ覚悟していたリオが、いまはこんなに明るく笑って、この旅を無事に終えるために我慢してくれている。その事実が速夫を勇気づける。

——うまくいってる。この島にいればとりあえず無事だ。

——でもいつまでもここにいるわけにはいかない。脱出の方法を探らないと……。

そんなことを考えながら、速夫はリオの気持ちを和ませるため、尽きることなく楽しい話だけを語った。

†　†　†

時間と一緒に、戦争が遠ざかっていった。

島での生活が長くなるほど現地人との交流が日常的になり、時折、物々交換に応じてくれるようになった。

一日がはじまると、リオと速夫は椰子の実の朝食を摂ってから一緒に島内を探索し、物々交換用の木の実や野草、琥珀（こはく）、香木、漂着物を集めて回った。樹脂で作った蠟燭（ろうそく）は現地人に喜ばれ、斧（おの）や砥石（といし）と交換できた。

現地人から、特定の木の根を磨（す）った粉末を川に流し、魚を捕る漁を教わった。この粉末には微量の毒が含まれ、魚をしびれさせるそうだ。毒を含む魚をリオに食べさせて良いのか迷った速夫は、思い切って粉末をそのまま舐（な）め、三〇分間ほど動けなくなった。魚は食べても問題なかったので、時間のあるときにたくさん擦って、この粉末を溜めておくことにした。

拾い集めた戸板や鉄板、スレートなどを利用して毎日少しずつ家を補強し、雨風をしのげるよう工夫した。はじめはリオひとりの住まいだったが、次第に速夫も一緒に雨をしのげるだけの空間ができあがっていった。

しかし速夫は。

「雨のときだけお邪魔します……」

「だーかーらー、晴れてても一緒に住めばいいんだってば！　なんかわたしひとりで贅沢（ぜいたく）してるみたいでいやなんだけど！」

「いえ、あの、わたしは小作人の三男ですので、殿下と同じ家で生活などとてもとても……」

速夫はリオの忠実な下僕としての立場を弁え、決して必要以上に距離を縮めようとはしなかった。一度それを自分に許してしまえば、歯止めがかからないところまでいってしまうのが怖かった。

「日之雄に戻ったあとのことも考えませんと。万が一、お名前に傷がつくようなことがあったとしたら、わたしは恥ずかしくて生きていけません」

「なんでそんな話になるの!? 速夫くんが作った家なんだから普通に住めばいいじゃん!」

リオは自分の容姿が健康な男子に与える影響について全く頓着がなく、万が一の過ちを恐れる速夫の気持ちが理解できないようだった。

——一緒に住んでしまったら、絶対にぼくは自分を制御できなくなる……。

夜、離れて眠っているだけでも危険な兆候が芽生えるのだ。ひとつ屋根のした、リオとの生活が長くつづけば、絶対に過ちが起こる。そうなったら、リオに申し訳が立たない。

——リオ様は日之雄に戻ってから、皇家の定めたお相手と結ばれるお立場だ。

——そんな尊いお身体に、ぼくが傷をつけるわけには絶対にいかない……!

固い決意と共に、速夫は同居だけは頑なに拒み、自分は住居近くの砂浜で寝つづけた。唯一、夜に雨が降ったときは住居の床下に潜り込んで寝ることにしたが、リオは「床下にいられるとなんかわたしがそうさせてるみたいで気分悪いんですけど!」と声を荒らげ、速夫へ入居を促した。すみません、すみませんと何度も謝りながら、速夫は同居だけは拒みつづけた。

漂着から二か月少々が経つころ、仲良くなった現地人のひとりが、万年筆をくれたらノコギリを貸してやる、と身振り手振りで伝えてきた。

「ありがとう！　ありがとう！」

源三郎の形見と引き換えのレンタルだが、充分にありがたかった。速夫は現地人の手を握りしめて喜び、リオと一緒に手ごろな樹木を選んで伐採に乗り出す。

「これで船が作れます！　島から脱出できますよ！」

意気込む速夫に、リオは微笑みを返し、切り落とした丸太を一緒に運ぶ。

「そっかあ。船ってほんとにできるんだ……」

「諦めなければ必ずできます！　あともう少しだけご辛抱ください、すぐに立派ないかだを組み上げますから……！」

語気を強める速夫へ、リオは曖昧な笑みを浮かべるのみ。

二日がかりで必要な丸太を切り出して、速夫はさっそく宿営地でいかだ作りを開始した。

「一晩で二十キロメートル、安全に渡りきれるだけの船体にします。イザベル島へ着いたあとは、いかだを隠して島内に潜伏。幸い、ソロモンの海流は北西方向へ流れます。夜が来たら海流に乗って、いけるところまで行きましょう」

さすがにラバウルまでの一千キロメートルは、いかだが持たないだろう。旅の途中、なんらかの手段で発動機のついた船を手に入れる必要があるが、その方策は見えていない。

「うん……。そうだね」

二か月かかってようやく事態が進展しそうなのに、リオの返事はそれほど明るくもない。なにか他の感情が返事の底に沈んでいるのが、速夫にも伝わる。

「………」

なにかが速夫の胸の奥で疼いた。しかしそれに気づかないふりをして、並べた丸太をロープで固定する作業をはじめた。疼いたものの正体を知ってしまったら、自分を軽蔑してしまうと直感していた。

夜——。

リオはひとり、速夫が作った仮小屋に横たわって、スレートの天井を見上げていた。

南国の島なので、毛布がなくても暖かい。内壁にナイフで刻んだ正の字で年月を数えれば、今日は七月十六日。イザヤやクロト、日之雄連合艦隊のひとびとはいまごろ、迫り来るガメリア大公洋艦隊との決戦に備えて訓練の日々だろう。

——みんなもう、わたしのことは忘れちゃったかな……。

ふと、そんなことを思う。

いまの時代、死はありふれている。二か月もあれば、風之宮(かぜのみや)リオの戦死もきっと幾千の死のなかに埋もれて、忘れられていく。

寂しい、と思うと同時に、違う考えも脳裏をよぎる。

——日之雄第二王女は死んじゃったから、あとはわたしの好きに生きていいかも……。

このところ毎晩のように浮かんでくる、そんな考え。

王女ではなく、風之宮リオという一個人として、この島で生きる。

生まれたときから背負っていた重いものを投げ捨てることのできるチャンスが、いま目の前にある。だったら投げ捨ててしまえば……。

そんな誘惑を、意識の片隅がささやいている。

——命がけで島を出て海を渡る意味がどこにあるの？

——日之雄に帰っても、また戦わされるだけだし……。

——戦争が終わるまで、ここでじっとしていればいいじゃん……。

そこまで考えたところで、リオは我に返る。

そして自分の思考を振り返り、おぞましさにぎゅっと目を閉じる。

自分の内側にこんな独りよがりな思いがあることが怖いし、情けない。

——そんなこと、できるわけない。

強いものが正義、弱いものは悪。いまはそういう時代だ。

ここ三十年以上、日之雄国民はみんな我慢をして重税に耐え、私財をなげうち、世界第三位の総排水量を誇る連合艦隊を築き上げた。誇りがあるから、大切なひとを守りたいから、子どもたちを悪人と呼ばせたくないから、八千万人の国民が自分を犠牲にして国力を増強しつづけてきたのだ。その献身に対して、王族が死んだふりをして逃走してしまったら、王族どころか人間として失格だ。

国家の偶像として、国民を励まし、国民のために戦って死ぬ。

それが風之宮リオ内親王の使命。使命を投げ捨てたなら、自分の中心を失ってしまう。

——だから、この島を出なきゃ。

——いつまでもここにいてはいけない……。

この島の生活は、正直楽しい。

日がな一日、速夫と一緒に食糧と漂着物を探し集め、現地人と物々交換し、夜が来たら眠るだけ。速夫は優しいし、頼れるし、夜の会話も楽しくて仕方ない。単調な毎日が、宝物のようにきらめいている。

ずっとここにいたい。

正直、そう思うけれど。

いま、イザヤやクロト、仲間たちはみんな、巨大な敵と必死で戦っている。

自分だけがここでのうのうと楽園生活を送っていては、生きている仲間たちへも、死んでいった仲間たちへも顔向けができない。

――みんなに誇れる自分でいなきゃ。

――速夫くんと一緒に、生きて日之雄に帰らなきゃ……。

自分を説き伏せながら、リオはぎゅっと目を閉じたまま眠りを待った。日中はずっと歩き回っているから身体は疲れているのに、眠りはなかなか来てくれない。こころの内側からは誘惑の声が響いてくる。

なぜこの島にいてはいけないの？

なぜ危険を冒して日之雄に戻らなくてはならないの？

なぜこの島で、速夫と一緒にずっと暮らしてはいけないの……？

一方――

速夫はひとり、リオの仮小屋から十五メートルほど離れた砂浜にあぐらをかいて、縄を縒っていた。

近すぎもせず、遠すぎもせず、危急の際にはすぐに駆けつけられる距離を常に保って、速夫は乾燥させた蔓草を縒り、一メートルほどの縄を編む。故郷では稲わらでわらじを編んでいたから、こういう作業は得意だった。精密さと忍耐力の必要な仕事をひとり、夜の砂浜で黙々とこなす。

ノコギリのおかげで丸太の切り出しはできたが、丸太同士をくくりつけるロープが全然足りなかった。雑ないかだを組み上げて、航海の途中でばらばらになり、リオに遠泳などさせてしまったら申し訳が立たない。二十キロメートルを完全に渡りきるだけのいかだにするべく、速夫は足りないロープを藁縄で補うことにしていた。

こうした集中力の必要な作業をしていると、なにも考えなくて良い……はずなのに、どうしてもふとした拍子に意識の隙間に雑念が紛れる。

——この島から出るのが、本当にリオ様のためなのか?

——いかだに乗って海へ出れば、リオ様が敵に見つかる危険が増す。

——この島にいれば安全なのに、なぜ脱出する必要がある……?

速夫は唇を噛みしめて、首を左右に振る。

これは個人的な願望が、もっともらしい理屈をつけてささやいているだけだ。

同僚の水兵たちはいまもそれぞれの場所で、戦争に勝つための努力をつづけている。自分たちだけがのうのうとこの島で楽園生活を送ることは、彼らへの裏切りだ。生きている限り、戦うために最善を尽くさなければ、軍人どころか人間として失格だろう。

——ぼくの命に懸けても、リオ様は必ず日之雄へ生還させる。

この二か月間、すでに一千回は繰り返したであろうその誓いを、速夫は今夜もこころへ刻みつける。何度でも何度でも、浅はかな邪念が消えてなくなるまで。

しかし。

――それはぼくの勝手な思い込みでは。

――もしかするとリオ様は、日之雄に戻ることを望んでおられないのでは。

そんな考えがまたしても、速夫の内側からささやきかけてくる。

速夫の手が止まる。

深々と溜息(ためいき)をついて、星空を見上げる。

――終戦までこの島にいれば、リオ様は確実に生き残ることができる。

――それでいいじゃないか。安全確実にリオ様をお救いするにはその道しかない。

――いかだなんて作らないで、ふたりでずっと幸せに暮らせばいい……。

その考えに、速夫の胸はどうしても高鳴ってしまう。

正直にいって、日之雄の国民的アイドルとふたりきりで過ごしたこの二か月間は、毎日が夢のように楽しくて幸せだった。天国でもここまで幸福ではあるまい、と確信できるほどに、リオと一緒に過ごす時間は一秒ごとがきらめいていた。

この毎日が、これからもずっとつづいていけば……。

気が緩むと、そんな願いを意識の片隅がさえずっている。

速夫は自分が情けなくて、泣きたくなる。

「なんて自分勝手なんだ、ぼくは」

思わず言葉にして、自分を叱る。

「安全のためとかいって、ほんとはリオ様を独り占めしたいだけだろ」

自分で自分を戒めるが、言葉に力がこもらない。

そういえば今日、ノコギリが手に入ったとき、「これでやっと船が作れる」と息巻く速夫を遠く見やって、リオはなんだか曖昧な言葉を紡いでいた。

『そっかあ。船ってほんとにできるんだ……』

そんなにうれしそうでもなく、溜息みたいな弱い語調。言葉の底に、字面と別の感情が潜んでいた。それを聞いたときの胸の軋みを、速夫はまだ覚えている。

——リオ様もぼくと同じく、この島にいることを望んでおられる……？

その疑問が、消えない。

動悸が勝手に、速くなる。

——いかだを完成させる前に、リオ様に確認を取るべきでは。

——日之雄に戻ることを優先するか、それとも身の安全を優先するか。

——それを決められるのは、リオ様自身だ。ぼくはその判断に従おう……。

それが最も賢明であるように思える。

主人の決断であれば、どんなものであろうと従う決意だ。この島にいる、というなら終戦まで何不自由なく生活させるし、日之雄に戻りたいならば命がけで守り抜く。

——それが一番いい。明日、リオ様にお聞きしてから、そのあとのことを決めよう。

結論に至って、速夫は縄を綯る手を止めた。

明日の夜、同じ作業をつづけるのか、それともここでの生活を良くするための必需品作りをはじめるのか、いまの速夫にはわからなかった。


翌日。

——リオ様の意志を確認しなくては。

そう決めたものの、なかなかそれを切り出す勇気を持てず、速夫はリオと一緒にいつものように島内を探索し、食糧や漂着物を収集した。

すっかり顔なじみになった現地人の子どもたちが四人ほど寄ってきて、リオと一緒に歌いながら作業を手伝ってくれた。一緒にバナナの昼食を食べて、川へ入って木の根を磨り潰した粉末を撒き、浮いてきた小魚を捕る。リオが楽しそうなので、速夫は夜まで待つことにした。

夕刻、捕った魚を子どもたちと分けあった。リオは現地語で「さよなら。また明日」を意味する言葉を子どもたちへ送り、笑顔で手を振った。

日が落ちて、ふたり、いつものように石の竈で魚を焼いた。

すっかり見慣れた満天の星空が現れて、食べ終えた魚のあらを川に流し、速夫は勇気を出して切り出した。

「リオ様。今後のことでご相談があります」

居住まいを正し、語調を引き締めて、怪訝そうなリオの表情を見やる。

「いかだは間もなく組み上がります。ですが島を出たなら、リオ様のお命は確実に危険にさらされるでしょう。……この二か月、この島で生活し確信しましたが、ここにいる限り、リオ様の安全は保証されます」

用意していた台詞をひといきに紡ぐ。

はじめは怪訝そうだったリオの表情が、ゆっくりと翳る。

その反応で、速夫は察する。

――やはりリオ様も、ぼくと同じことをお考えになっている……。

残酷な問いかけかもしれない。

しかし確認を取らねば、この先が見えない。

留まるのか、進むのか。

それを決められるのは、速夫の上官であるリオだけだ。

「……いかだ作りを、継続してもよろしいでしょうか？」

速夫は、そう問いかけた。

リオは砂浜に座り込んだままうつむき、膝を抱える。

海からの風が、吹き抜けていく。

その反応に、速夫の胸が軋む。

――聞くべきではなかった……。

悲しげなリオの表情を見て、速夫は後悔を覚える。だがもう後戻りできない。

「リオ様の意志を確認すべきだと思い、僭越ながら、ご相談させていただきました……」

語尾が頼りなく消える。

リオは黙ってじぃっとうつむいたまま、顔を上げてくれない。

返事を待つ時間が、質量を伴う。

――聞いちゃいけなかった……。

痛切に、そう思う。

「あ、あの、お命に関わる問題ですので、すぐにご決断なさらずとも……」

「…………………」

「脱出の成否は、戦況次第でもありますし……。もう少し待つ、という手ももちろんあると思います……」

速夫は自分の質問を取り繕うが、リオは顔を伏せたまま。

海からの風が、また吹き抜けていく。

石の竈から火の粉が爆ぜて、星空へ溶ける。

時間の質量が、増す。

「速夫くん」

ようやくリオが、言葉を紡ぐ。

「わたしから質問してもいい？」

リオはうつむいたまま、そんなことを尋ねてくる。

「はい。もちろん、リオ様のなさりたいように」

速夫は砂浜に座ったまま、背筋を伸ばす。

リオは真顔を持ち上げて、速夫を見る。

「……速夫くんは、どうしたい？」

問われて、速夫は言葉に窮する。

——あなたとここで暮らしたい。

そんな正直な気持ちが突き上げてくる。

喉元の堤防を越えて、言葉になって溢れそうになる。

しかし速夫はその気持ちを抑え込む。

本心を、言葉にしてはいけない。

するわけにいかない。

――この島では身分なんて関係ない。

――王族も、小作人も、ここでは同じ人間だ。

――それなら、ここで一緒に暮らしてなにが悪い？

こころの奥から突き上げてくるその思いを、速夫はねじ伏せる。

ねじ伏せる理由は、いま生きて戦っている仲間たちと、死んでいった仲間たち。

全ての仲間たちへ誇れる自分でありたい。

だからぼくは、決して本心をリオ様へ告げない。

「わたしは……リオ様のご意志に従うのみです」

かろうじて、それだけ答えた。

リオはなにも答えない。

ただ火の粉だけ、舞って消える。

「速夫くんの意志は、ないの？」

リオは、そんなふうに問う。

「ありません」

速夫は毅然と、ウソをつく。

意志はある。だがその意志をリオへ伝えることは絶対にできない。

「へえ」

リオの返事に、悲しみと苛立ちが紛れていた。

速夫は苦しくて仕方ない。

――リオ様もぼくと同じように、相反する思いを抱えてらっしゃる……。

それがわかる。

――個人的な気持ちと、王族としての責任と……。

そして、それがわかるのであれば。

――ぼくが、意志を明らかにするべきでは。

喉元が、ひきつる。

リオに生きていて欲しい。だから、脱出を諦めてこの島に留まる。それのなにが間違いだというのだろう。

傾きかけたその思考へ、すぐに反作用が返る。

――絶対に、明らかにしてはいけない。

それはぼくの個人的な願望だ。ただリオ様と一緒にこの島で幸福に過ごしたいだけだ。仲間たちが大切なもののために命を投げ捨てて戦っているさなかに、自分たちだけがこっそり幸福になるなんて、許されることではない。

――ここに留まることも、出ていくことも、どちらも正しいし、どちらも間違っている。

結局、またその結論に辿り着いてしまう。答えなんて、出せない。

「速夫くん」

唐突に、リオが呼びかけた。

「はい」

返事が、震える。

「一晩、考えていいかな」

リオは静かに、そう尋ねた。

「はっ。リオ様のお望みのままに」

「……うん。……わたしは……」

リオはなにか言いかけて、そのまま語尾を湿らせた。

速夫は返答をすることもできず、ただ言葉のつづきを待つことしかできない。

「……考えなきゃいけないことが多いから。明日の朝、決めるね」

「はっ。……出過ぎた真似をいたしました。……無理に決断なさらずとも、状況を見ながら今後の方策を講じるやりかたもあります。むしろそのほうが……」

「ううん。曖昧なままだと良くないし。明日の朝、ね」

リオはいつものように微笑んで、会話を終わらせた。

焚き火が消えて、リオは仮小屋へ戻り、速夫はひとり、砂浜で星を仰いで眠った。

なかなか寝付けなかった。リオがいまなにを考えているのか、気になって仕方がなかった。

――リオ様も、深く悩んでおられる……。

悩むということは、つまり。

――リオ様にも、ずっとこの島にいたいという気持ちがある……。

そこに思い至るだけで、速夫の鼓動が強くなる。

思考が、痺れる。

――思い上がるな。リオ様は王族、神の眷属だ。

――小作人と神さまが、一緒に暮らせるはずがない……。

日之雄でも最下層に属するおのれの身分を噛みしめて、自戒を強くする。

けれどいくら自分を律しても、頭のなかはすぐにリオでいっぱいになる。

砂浜で貝殻を集めて笑うリオ。現地人の子どもたちに日之雄の歌を教えるリオ。焚き火を囲んで、くだらない話で笑いころげるリオ……。

この二か月、速夫が目の当たりにしたリオは、王女でも神の眷属でもない、明るくて優しくて、笑い上戸の女の子だった。日中、島をふたりで探索するだけで楽しくて、夜は笑いながら食事して、砂浜でひとり眠るときも明日が来るのが楽しみで、水平線から朝日がのぼるたびにわくわくした。

明日のリオの決断次第で、その毎日が終わるかもしれない。

リオが脱出を決断したなら、たったふたりで敵中を突破する旅路がはじまる。ラバウルへ戻るには外洋を渡らねばならず、船を手に入れる目途は立っていない。死ぬ可能性のほうが遥かに高い危険な旅だ、断念したって誰も責めるものはいない……。

そんな考えがぐるぐると渦を巻く。

リオと一緒にこの島にいたい気持ちと、人間としての責務を果たすため、この島を脱出せねばならない気持ち。答えの出ない選択肢が、星空から消えてくれない。

――リオ様を信じよう。きっと最善の答えを導いてくださる。

――ぼくの役目は、リオ様の意志を忠実に実行に移すこと。それだけだ。

自分に何度もそう言い聞かせながら、結局、速夫は眠れないまま東の空の裾が紫色に変じるのを見た。

砂浜を噛む波音へ、海鳥の声が混ざり込む。

黎明を渡る鳥たちは、みゃあみゃあと猫みたいに鳴きながら、朝の色へ溶けていく。

空の裾が薄紅色に彩りを移し、水平線が横一千に黄金色をたたえ、卵みたいな朝日が水平線から生まれ出る。

曙光がたなびく雲に切りわけられ、幾条もの光線が放射状に砂浜へ注ぐ。空は黄金と紫が折り重なって、つかの間の陰影を孕もうとする。

「おはよう」

背後から声をかけられ、振り返った。

砂浜に、リオが佇んでいた。

もう見慣れた現地人の服を着て、まっさらな曙光へ露わな肌を晒し、いつもの柔らかい表情で速夫を見ていた。

速夫の胸の奥が疼いた。

——すでに結論を、出しておられる。

いつもと変わらないふうを装っているが、表情の底に、昨夜一晩かかって導き出した彼女の決断が垣間見えた。速夫にはすでに、その決断の内容までも、表情の奥から汲み取ることができた。

ずきん。

そんな音が、確かに聞こえた。

「おはようございます！」

直立不動の姿勢を取って、速夫は返事する。

海風に乱される髪を片手で押さえ、リオは優しい眼差しで速夫のむこうの空を見つめる。

「きれいな空だね」

南国の燃え立つような朝焼けではなく、まるで日之雄にいるかのように優しい薄紅色が、東の空を充たしていた。

「はい。珍しい色合いです」

速夫も背後の空を振り返って、そんな返事を届ける。

「座ろうか」

「……はっ」

本来であれば、上官と砂浜に並んで座るなどあり得ない。しかし二か月間の共同生活を経たいま、ふたりは当たり前のように歩幅一歩分ほどの距離を置いて座り、美しい朝焼けをしばらく観賞した。

「こういうの、ガメリアでは『天使の階段』っていうんだって」

太陽を焦点にして、雲に切り分けられた光の束が幾条も、放射状に広がりながら砂浜へ注がれる光景を指さし、リオは言った。

「本当に、天使が降りてきそうな光景です」

「こんなきれいな海で戦争してるのが、信じられない」

「はい。海も呆れていそうです」

「そうかもね。またやってるよ、人間って馬鹿だなあ、とか思ってそう」

「本当に。馬鹿みたいです……」

そうしてふたりはまた、黙って東の空を見つめた。

時間とともに太陽は水平線から離れ、薄紅がゆっくりと水色へと変じていき、陰影が取り払われ、夢幻の景色が消えていく。

「楽園って、この島みたいなところだと思う」

リオは静かにそう言った。

速夫(はやお)は、胸の奥が裂ける音を聞く。

「わたしも、そう思います」

平静を装って、それだけ告げた。

——もう、なにも言わないで欲しい。

本心が、そう告げていた。

決断などなかったことにして、このままふたり、変わらない時間を過ごしていたい。

その気持ちを、リオへ伝えるべきでは……。

「わたし、こんなに楽しい時間を過ごしたのって、はじめて」

リオは訥々(とつとつ)と、そんなことを言う。

速夫は、喉元(のど)にまでせりあがってくる本心を、かろうじて飲み込みつづける。

——なにも言ってはいけない。リオ様の決断を尊重するんだ。それがぼくの役目だ。

理性を振り絞って、個人的願望を抑え込む。

リオの目と速夫の目が、一瞬だけ合う。

『わたしを止めて』

リオの瞳の奥から、そんな言葉が伝ってくる。

『わたしの言葉を遮って』

速夫は両方の拳を握りしめる。

リオのことが好きだ。そしてたぶんリオも、この島の暮らしが気に入っている。ふたりでずっとこのままこの島で暮らせたら、きっと世界一幸せになれる。

でも、それをやれば、軍人として、いや人間として失格だ。

――仲間たちはまだ戦っているんだ。

――ぼくだけ幸せになっていいはずがない。

速夫はこみあげてくる本心を、懸命に抑えつけ、ねじ伏せた。


速夫がなにかを言い淀んでいることは、リオにもわかっていた。

昨夜一晩考えて、辿り着いた言葉をこれから速夫に告げなくてはいけない。

すでに覚悟は終えている。あとは告げるだけ。そのはずなのに。

――止めてくれないかな、速夫くん。

そんなことを、リオのこころの片隅が祈る。

――あなたが遮ってくれたら、このつづきは言わない。

言葉に変えることのできない身勝手な祈りだ。リオは自分に幻滅しながら、しかしわずかな期待を瞳に込める。

ふたりの目が合う。

互いの瞳の奥に、痛切ななにかがひらめく。

速夫の表情が一瞬歪む。

『あなたとここにいたい』

速夫の瞳の底から、そんな言葉が聞こえた気がした。

そのことを告げてくれたら。

わたしは。

揺れたそのとき——速夫がなにかを抑えつけ、ねじ伏せた。

そして彼はいつものように生真面目な顔で、視線の焦点をリオのむこうの風景へ据える。

打ち寄せて引いていく波の音の繰り返しが、速夫の出した答えだった。

リオの祈りは、誰にも知られることなく朝の光に溶けていく。

速夫がそうしないだろうことは、リオにもわかっていた。

速夫は絶対に、個人的な感情を優先することがない。生真面目すぎるほど真面目だから、司令官付き従兵になれたひとだ。国家が存亡の危機にあるいま、自分の置かれた場所で最善を尽くすことしか考えられない。そんな誠実な速夫だから、リオは惹かれるのだ。

——あなたとずっと、この島にいたいけど。

──でもわたしは皇王家の内親王だから。

──個人を捨てて、国民に尽くす役目だから。

言葉のつづきを、言わなくてはならない。


わずかなためらいのあと、リオの口がひらいた。

「でも、まだ戦ってるひとたちがいる」

速夫は黙って、リオの決断を受け止める。

東の空、ひとときあった夢幻の色が消えていく。

「そのひとたちだけ戦わせるのは、間違ってる」

「…………」

「戦争は、馬鹿げてる。でも、大事な誰かのために戦うことは、馬鹿げてない」

「…………」

「だから、この島を出る」

リオの横顔は、静かだけれど、凜としたなにかをたたえていた。

速夫は黙って、その決断を受け入れた。

いま自分がすべきは、心のなかを跳弾する不可視の弾丸に耐えること、それのみ。

おのれの胸の痛みを、決してリオに悟られてはならない。

リオの決断をただ受け入れ、粛々と実行する。それが速夫の役割であり、使命だ。

「それでいい？」

「……はっ」

座ったまま、速夫は返事した。

本来なら直立不動で拝命するべきだが、いまそれをすることは無粋に過ぎる気がした。

――もう戻れない。

リオがそう決めたなら従うまでだ。

一千キロメートルを敵中突破し、リオをラバウルへ送り届ける。

尋常な旅路ではない。捕虜になれないリオは最悪の場合、自ら命を絶たねばならない。ガメリアの軍艦が常時哨戒している海を、手漕ぎのいかだで本当に突破できるのか。

――やってやる。

――やらなきゃいけないんだ。

「わたしにお任せください。必ずラバウルまで辿り着いてみせます」

告げると同時に、速夫は魂が燃え立つのを感じる。

これでいい。この旅路のために、ぼくはきっとこの世界に生まれ落ちた。

その確信が全身を構成する三十兆の細胞へ染み渡っていき、髪の毛が逆立ちそうなほど、新しい力が内面から噴出してくる。

リオは微笑む。

「うん。ふたりで帰ろう」

消えようとしている天使の階段が、最後の光でリオの笑顔を照らし出した。

この笑顔を守るためなら、命を捨てる価値がある。

――リオ様だけは、生還させる。

――ぼくはどうなっても構わない。

速夫はこの二か月間、幾千回も繰り返してきた同じ誓いを、また改めておのれの魂に刻み込み、立ち上がった。

新鮮な大気を大きく吸い込み、精悍な表情を海原へむける。

「では、いかだ作りをはじめます」

「うん。わたしも手伝う」

速夫は海の彼方を睨み据えた。

男が命を懸けるに値する仕事だ。必ずリオを生還させてみせる……。

三、スパイと大統領

episode three

仕事なんかに命かけてたまるか。

なんで国のためにあたしが死ななきゃいけないの、意味わかんない。

自分の命が一番で、次にこの美しい身体が大事。優先順位をつけると、命、身体、お金、家族、名声、住む家、仕事、そのほかいろいろなものがつらつら並んで最後らへんに国家が来る。

なので、尋問がはじまったらさっさと口を割る。

知ってることは洗いざらい全部しゃべる。

それから、命乞いをしよう、うん。

そう決めて、潜入工作員ユーリ・ハートフィールド少尉は目の前の状況を確認する。

聖暦一九四〇年、六月二十七日、ニューヨーク。

フォール街の中心地にしてケリガン財閥の本拠地「ザ・コーナー」。

その地下ボイラー室に、ユーリは椅子に座らされ、背もたれの背後へ回された両手に手錠を架せられていた。

ユーリの面前に、ケリガン財閥の代理人、アンディ・バーモントのにやけ顔がある。囚われのユーリを満足げに一瞥し、自分も対面の椅子に座って煙草に火をつけ、気取った仕草で足を組む。

コンクリート打ち出しのボイラー室には低い駆動音が立ちこめて、窓はなく、出入り口は一か所のみ。アンディの他に屈強な守衛が室内に四名、室外に三名、腰に拳銃を下げて待機している。

現代錬金術「オプション価格最適化方程式」のプレゼンのために意気揚々とザ・コーナーを訪れたユーリを待ち受けていたのは、ケリガン財閥の罠だった。ケリガン一族の三代目当主、チャーリー・F・ケリガンは「政府と敵対することがあってもケリガンは愛国者である」としてユーリに背をむけ、アンディはユーリをいましがたこの地下ボイラー室へ拘束したところ。アンディも守衛たちも先ほどからひとことも口をきかず、ただにやにやしながら拘束されたユーリの肢体をなぶるように見つめるのみ。

そのいやらしい表情だけで、ユーリはこれからなにがはじまるのかを察する。

——エロ拷問。

小説でもマンガでも、敵に捕まった女スパイはだいたいそれをされる。しかもあたしはミスユニバース級の美少女。目の前のおっさんたちのにやにや笑いを見るまでもなく、この次の展開はほぼそれで決まりだろう。

絶対にイヤだ。

いまだけはこれほどの美少女に産んでくれた両親を恨むしかない。ちくしょう、期間限定でブスになりたい。捕まってる間は地上最悪のクソブス、解放されたらミスユニバースに戻る魔法ないかな。

ありません。

ともあれ、国は売っても身体は売らない。それがあたしの信念。

方針を決め、ユーリはあっけらかんと笑う。

「はい、あたしの負けー。あたし、日之雄のスパイだよ〜。やー、バレちゃったなー、さすがケリガン、情報収集半端ないね、完敗だわ〜」

ほがらかに言い放つが、アンディと守衛たちの表情はにやにやしたまま変化なし。そう簡単に、この雰囲気は変わりそうにない。

「全部正直にしゃべりまーす。聞きたいことなんでも聞いて〜。てかとっくに全部バレちゃってるっぽいし、いまさらあたしに聞くことないとは思うけど」

このいかにもエロいオーラが溜まっていきそうな湿った空気感を変えるため、ユーリはことさら明るく降参する。

組板の魚が足掻く様子が楽しいのか、アンディは勝者の余裕をたたえ、身体の線に吸い付くビジネススーツを着込んだユーリを薄笑いと一緒に見やるのみ。

——絶対に、エロいことを考えてる……！

仕方がない。あたしほどの美少女を拘束して、エロいことを考えないおっさんがこの地上にいるはずがない。このピンチを逃れる手段は、ひとつ。

——美少女を捨てる……！

ガメリアに潜入する以前から、万が一の際にエロ拷問を回避する手段について研究を重ねてきた。使いたくなかったが、この美しい肉体を守るためには最低な手段であろうと使うしかない。

覚悟を決めて、ユーリはいきなり表情を真剣にする。

「ミスタ・バーモント。真面目な話してもいい？」

「…………」

「いまから手錠を外します。でもそれは、逃げるためじゃない。やむにやまれぬ事情があって仕方なく外すの」

アンディの表情が少しだけ怪訝な色をたたえる。ユーリは椅子の背もたれの背後で後ろ手に手錠を架されており、自分の意志では外せない。

「だから、撃たないでね。逃げないから。逃げようとも思ってないし。あたし、ちょっとかわいそうな持病があって。病気だから仕方なく手錠外すの。絶対撃たないで、ね？」

言葉が終わると同時に、手錠がかちゃりと床へ落ちた。

「!?」

四人の守衛が一斉に、腰のホルスターに手を当てる。

「撃たないで！」

ユーリは声を張り上げ、同時に、両手の人差し指を思い切り自分の鼻の穴に突っ込んだ。

「!?」

手錠とは違う意味でアンディと守衛たちが驚愕する。

ユーリは左右の鼻の穴に人差し指の第一関節まで深々と突っ込んで、間延びした表情で鼻くそをほじくる。

「…………………っ!!」

見守る一同は、言葉を失う。

こんな鼻くそのほじくりかたをする女性を見たことがない。しかも表情が呆けていてすごく怖い。丹念に鼻くそをほじくってから、ユーリは鼻の穴から両指を引き抜くと、椅子の肘掛けの裏に両方の指先をなすりつけた。

それから憂いの表情を持ち上げ、アンディへ告げる。

「……あたし、五分に一回鼻くそほじらないと死ぬの」

つっ、とユーリの両方の鼻から鼻血が垂れた。

ぺろん、とユーリは舌を出して鼻血を舐め取り、しおれる。

「……鼻の粘膜に異常があって。五分ごとにすごく痒くなる。我慢してると精神に変調をきたすから仕方なく……」

辛そうな表情でうつむきながら、ユーリは目の端でアンディの様子を確認。

――どうよ。萎えたでしょう?

――五分に一回鼻くそをほじる女よ。そんな生き物に性的魅力を感じるかしら? 守衛たちは強ばった顔を見合わせ、アンディの表情には嫌悪が差す。しょっぱなの一撃としては効果があった。

だが、これだけではまだ不完全。このおっさんどもを完全にこころの底から萎えさせなければ、純潔を保てない。

――まだまだ、こんなもんじゃ安心できない。

――ダメ押し、くらえ……!

決意して、ユーリは必死の形相をたたえ、声を張る。

「アンディ、逃げて!」

「?」

「ここにいてはダメ! みんな逃げて!」

男たちは戸惑いの表情を交わすのみ。

転瞬、ユーリは直腸に精神集中。

――純潔を守るために!

――さよなら、美少女!

決意と共に、ガメリア潜入前、必死で特訓した成果を発揮する。

ぷす――～～…………。

突然、ボイラー室に風船のしぼむような音が立ちこめる。

アンディは一瞬眉をひそめ、それから、音の正体に気づく。

「いまのは……」

「逃げてって言ったのに!!」

ユーリの叫び声と共に、えもいわれぬ香りがアンディの鼻孔に届く。

「うっ」

アンディは顔をそむけ、思わず呻く。

ユーリは心中、にやりと笑う。

この日のためにユーリは血が出るような特訓の末、おのれの意のままに体内ガスを外界へ放出する特殊技能を身につけていた。

発散された気体はまたたくまに室内に充満し、男たちの鼻孔に突き立つ。

――これで萎えない男はいない……っ!!

地上の男の九九％はこれで萎える。だがもしもアンディが残り一％、美少女の放屁で興奮する変態であった場合、血を吐く努力は水泡に帰す。

どうかアンディがそんなマニアックな性癖を持ちませんように。

祈りと共に、見つめた先。

げんなり……。

音が聞こえそうなくらい、アンディの表情が翳っていた。

ユーリは心中だけで快哉をあげる。

――ありがとう、普通の感性!!

――萎えろっ!!　あたしを思い出すたびに匂いも一緒に思い出して萎えろっ!!

守衛たちも露骨に顔をしかめ、鼻をつまんだり、手のひらを振って匂いを追い払ったり、様々に萎えた反応を示す。

ユーリは表情に思い切り悲しみをたたえ、

「……ごめんなさい。……わたし、おならを我慢すると死ぬ病気もあるの」

しおらしく謝ってみせるが、心中は必死だ。

――人前で鼻くそをほじるわ、おならをすかすわ、やりたい放題。

――こんな女、最低でしょ!?　エロ拷問、する気も失せたでしょ!?

アンディの表情からは先ほどまでのにやにや笑いが剝げ落ちて、虫を眺めるような嫌悪感があらわだった。淫靡に湿気ていた空気も、ユーリの最終手段に吹き払われて、いまはただ残り香がたなびくのみ。

ユーリは女を捨てて、文字どおりに空気を変えた。

囚われの美少女へむけられていた中年男性たちの淫靡な目線はいまや、フンコロガシを見つめるそれに変わっている。

——作戦成功……！

達成感と同時に、名状しがたい悲しみも胸の底からたちこめてくる。血が出るほどほじった鼻孔が痛いし、いつまでも消えない残り香も悲しい。こちらを見つめるおっさんたちの目線に込められた哀れみが、ユーリの自尊心を踏み荒らす。

ハンカチを口元にあて、アンディは冷静に尋ねた。

「……つまりきみは、五分に一度鼻くそをほじり、おならを垂れ流さないと死ぬのかね」

他人に指摘されてはじめて気づくが、我ながらなんてかわいそうな設定だろう。しかし演技をつづけなければ。

「……ええ。あ、五分経ったわ」

悲しみの表情のまま、ユーリは再び両方の指を鼻の穴に突っ込む。

アンディは椅子から腰を浮かし、ユーリに背をむけた。それから天井を仰いで、静かに告げる。

「……すまないユーリ。悪戯が過ぎたようだ」

鼻くそをほじりながら、ユーリはアンディの背中を見つめる。こころもち、口調が先ほどまでより柔らかい。

「……チャーリーの前では、少し厳しく振る舞う必要があった。彼は日之雄のスパイというだけできみを毛嫌いしていたから。そのため我々も少々、演技させてもらったよ」

アンディはそう告げてから、ユーリを振り向いた。

その表情には哀れみもなく、先ほどの淫靡な色もなく、ビジネスエリートとしての冷静さと知性が舞い戻っている。

なにやら様子がおかしい。

だが油断はできない。

「…………演技？」

両方の指を鼻の穴に突っ込んだまま、ユーリは尋ねる。

アンディは目元を両指でつまみ、

「……きみがいま演技しているように、わたしも上の階では演技させてもらっていた。これは悪戯だ、きみをどうこうするつもりはない」

ぴたり。

ユーリの両方の指が止まる。

「……チャーリーはきみと組まなかった。だがわたしはきみと組むこともできる。ケリガン財閥のパートナーは当主の意向と関わりなく、自分の意志でケリガンの看板を利用できるのだ」

ケリガン財閥三代目当主チャーリーは、ユーリを拒否した。

だが代理人のアンディは、ユーリと組んでも良いと思っている。アンディがケリガンと交わしたパートナーシップ契約は、当主の意向に関わりなく、アンディの意志でケリガン財閥の人脈と信用とカネを融通できるらしい。

「チャーリーはすでにビジネスへの情熱を失っていてね。信仰に目覚め、いまは慈善事業に専念している。実質的にケリガンを動かしているのはジェームスとブルとわたし、三人のパートナーだ。わたしの判断にチャーリーは口を挟まない、安心したまえ」

アンディの言葉で、ユーリはようやく気づく。

――それは、つまり……。

――さっきまでのエロい雰囲気は、アンディの悪戯……。

ユーリのこめかみから、つつ、と一筋、冷たいものが伝った。

ゆっくり、慎重に――鼻の穴から人差し指を引き抜く。

鼻血が、垂れる。

指先を肘掛けの裏でぬぐい、強ばった表情を持ち上げる。

「…………………」

言葉が出てこない。

アンディはこらえきれない哀れみを、表情に忍ばせる。

「……女性のスパイを捕らえる機会というのも滅多にないし、少しばかり遊んでみたくて。

だがきみの行動はわたしの予想を上回ってしまった……。みな、いま見たものは忘れるんだ、いいね？」

守衛たちはアンディの言葉に、すまなさそうな相づちを返す。彼らの表情からも先ほどまでの下品なものは消え失せて、ただユーリへのいたわりがあるだけ。様子を見るに、予め全員で打ち合わせてユーリをからかっていたようだ。

全てを理解して、はぁ―――……っと大きく息が漏れた。

心身ともに脱力し、深々とうなだれ、両肩を落とす。

――良かったぁ。助かったぁ……。

アンディは拷問するつもりなどはじめからなかった。それだけで心底から安堵する。不覚にも涙が出そうになるが、これは安心したからか、それとも、必要もないのに鼻くそをほじったり放屁したりした自分がかわいそうすぎるからか。

涙ぐむユーリを見やって、守衛たちが心配そうに声をかける。

「おれたち、なにも見なかったから」「あぁ、お嬢ちゃんはなにもしてない、ずっと怯えてただけだ」「泣くなよ、お嬢ちゃん。怖かったよな。おれたちもちょっと、やりすぎたよなあ」

アンディと守衛たちの気遣いが、かえってユーリにはいたたまれない。

このおっさんたちにエロいことをされないためにあそこまでがんばったのに、そのおっさんたちから気遣われ、優しい言葉で慰められる。人間としてどう対処すればいいのかまったくわからない。ただひたすら人前で鼻くそをほじっておならした自分がかわいそうで、涙が出てくる。

「さてきみたち、付き合ってくれてありがとう。ユーリとふたりにしてくれ。秘密の話をしなければならない」

アンディに促され、四人の守衛はボイラー室を出ていった。

拘束(こうそく)を解いたままのユーリは、決まり悪そうな表情をアンディへと持ち上げる。

うっすら涙がにじんだ目元を見て、アンディは苦く笑う。

「おふざけは終わりだ。ビジネスの話をしよう。言うまでもないが、我々は対等な立場ではない。それは肝(きも)に銘じて、話を聞いてくれ」

アンディの表情がエリートのまま変わらない。

ユーリは指先で目元をぬぐって、正面を見る。

「……立場は自覚してる。つづけて」

スパイであることがバレた以上、この先ずっと、主導権はアンディにある。いまのユーリにできることは、アンディの要請に従うことだけ。

けれどそれも仕方ない。

——あたしのヘマじゃないし。

悪いのは、潜入スパイの情報をいとも簡単にケリガン財閥(ざいばつ)に握られた日之雄(ひのお)の特務機関だ。

機密中の機密事項を国家機関でもない民間財閥に握られるなんてどうかしてる。このぶんだとレキシオ湾の工作船のこともバレているだろうし、こうなったら任務の継続は諦めて、とにかく生き残ることを最優先にしなければ。

「調べさせてもらったが、きみの任務は実にユニークだ。ガメリア国内の厭戦派をまとめあげて休戦への流れを作ると同時に、黒之クロトが考案した現代錬金術を用いてフォール街を引っかき回し、カイル・マクヴィルを政権から引きずり下ろす。たったひとりの女の子が敵地で行うには壮大すぎるし大胆すぎる。きみの勇気を称賛するよ」

アンディの言葉を、ユーリは黙って受け止める。

そして、内心だけで首をひねる。

――そこまでバレる?

どれだけ特務が無能でケリガンが有能だとしても、いくらなんでもバレすぎだ。特務の上層部内に裏切り者でもいなければ、任務の細部まで洩れるわけがない。

――裏切りそうなひとは……。

心当たりを探ってみて、ひとりの人物に思い至る。

これまでユーリが「そうではないか」と勘ぐっていた人物が、ユーリの情報をケリガンに流していたとしたなら、アンディの深すぎる見識も合点がいく。

――なるほどね……。

ユーリはひとりで勝手に納得し、アンディの様子を上目で確認。もしも情報提供者がユーリの想像どおりの人物であれば、打てる手はまだあるかもしれない。

「頭脳明晰、容姿端麗、知略に優れて弁舌に長け、勇気も度胸も申し分ない。先ほどのあれも身を守るための最終手段としては大胆かつユニーク、きみにしかできないやり口だ」

「…………」

褒められているのだろうが、かなり複雑な気持ちのままユーリは言葉のつづきを待つ。

「ケリガンが近年、ホワイトハウスと敵対しているから接近してきたのだろう？　敵の敵は味方ということで、手を組めるのではないかと目論んだわけだ」

元々、ガメリア政府の民間戦費調達担当だったケリガン財閥は、カイルの献策によって連邦準備制度にその座を奪われ、ホワイトハウスから蹴り出された。さらにカイルは傘下のマスコミを操作してケリガンへのネガティブキャンペーンを展開し、政府審問会での根拠のない糾弾に疲れ果てたチャーリー・ケリガンはビジネスへの意欲を失ってしまった。

「その判断は正しい。ユーリ、わたしときみは手を組める。ただし、わたしが上司できみが部下だが」

「…………」

ユーリは黙って、アンディの言葉を受け止める。悔しくはあるが、しかし。

――ま、拷問や刑務所よりずいぶんマシだし。

ケリガンと手を組めるなら、飲むしかない。

「オーケー、ボス」

「賢明だ。無茶な要求はしないから安心してくれ。ケリガンのパートナーは気品ある紳士でなくてはならないもので」

「それで、あたしはなにすればいい?」

アンディはにやりと笑って、

「わたしはやられっぱなしでいるほどおとなしくない。カイルには我らをホワイトハウスから締め出した報いを受けさせねば。それには、陰の戦いが必要となる」

「表沙汰にはできず、失敗したなら簡単に切り捨てられる人間が必要でしょうね」

「そのとおり。わたしの意向に逆らえず、なおかつカイルの懐へ接近できる容姿、才覚、頭脳を持つ人材は、なかなか貴重でね」

アンディの口の端に、黒い思惑が透ける。

なるほど。

ユーリはアンディの目論見を悟る。

「あたしを使って、カイルに罠を?」

いわゆる、ハニートラップ。

「あぁ。前々から仕掛けてはいるのだが、凡庸な女性ではカイルに辿り着けない。きみくらいの適任者が現れるのをずっと待っていた」

ユーリはアンディの黒い笑みを見やる。カイルが非常に女好きだという話は知っている。ユーリの器量なら、カイルに選ばれてもおかしくはないが。

――ハニトラってつまり、カイルとやるってことよね。

有力者のベッドに忍び込んで秘密を聞き出す、歴史と伝統ある諜報手段。ユーリも座学で学んではいるが、幸いなことに実技は免除してもらえた。

――絶対イヤなんすけど……。

命の次に身体が大事で、仕事ごときのためにこの美しい肉体を捧げたくない。

だが、この状況で拒絶はできない。それをすれば、通報される。

――拒否権はないし、受けるしかないか……。

深い溜息を胸のなかへ落とし込み、ユーリは力ない表情を持ち上げる。

「成功したら、見逃してくれる?」

「見逃すどころか、成功したならわたしの秘書として採用するよ」

全然うれしくない。だが政治犯収容所よりはマシだ。

「時間かかると思うけど」

「安心したまえ、ケリガンがきみの活動を支援する。いうまでもなく、いまこの場からきみの上司は日之雄特務機関ではなくわたしだ。スパイ活動はつづけて構わないが、指示には優先して従ってもらう、いいね？」

「……わかりました」

しおらしく、アンディの指示を受け入れた。元々、クロトから直々に「カイルを政治の世界から追い出せ」と指示を受けてガメリアに潜入したから、任務の範疇ではある。愛人になる予定はさすがになかったが、スパイだとバレてしまっては仕方ない。

ただ、確認したいことがひとつ。

「ガメリア政府の諜報機関は、あたしの正体に気づいてないの？」

「気づいていないと断言するよ」

「ケリガンっていっても民間人でしょ？　民間人にわかったことが政府機関にわからないなんてあり得る？」

ふふ、とアンディはなにかを含んだ笑いかたをした。

「これだけ教えてあげよう。人的情報に関して、国際金融資本家は政府以上の世界的情報網を構築している。あとは情報提供者の安全のために、言えない」

ヒュミントとは、人間を媒介とした情報のことだ。やはり日之雄内部の裏切り者が、ユーリのことをケリガンに教えたのは間違いないらしい。

「そのひとが、ガメリア政府に告げ口しないという保証は？」

「絶対にしないよ。なにしろ彼は、ウィンベルト政権と対立しているからね。わたしがきみの正体を知ったのは、チャーリーと情報提供者の個人的な繋がりによるものだ」

その言葉だけで、ユーリは裏切り者が誰なのかわかった。

——パパ……。

ユーリの父は貿易会社の重役として日之雄で働いていた。開戦と同時に日之雄にいたガメリア人はほぼ全員が本国へ帰還したが、ユーリの父は日之雄に残ることを選び、政治犯収容所へ送られた。だが実際は軽井沢の別荘で監視付きの生活を送っており、黙認された二重スパイのような微妙な立ち位置を維持している。

——万が一のときはわたしを保護するよう、チャーリーに要請したのかな……。

父の勤める貿易会社に、ケリガンの息がかかっていたとしても驚くに値しない。ウィンベルト政権の悪口は親日家である父の口から何度も聞いていたし、本当に情報提供者が父であるなら、アンディの言葉は信憑性が高い。

戦争が終わったあとパパに聞こう、と心に誓い、ユーリは肩をすくめる。

「どのみち、あなたの言うとおりに動くしか、選択肢ないし」

「賢明だ、ユーリ。香奈子・ラドフォードと呼んだほうがいいかね？」

「本名、捨てたの。ユーリで」

「ＯＫ、ユーリ。今後ともよろしく」

差し出された右手を握り返すと、アンディは穏やかに笑んだ。

「さて、今後きみの上司となる人物を紹介しよう、カイルの元愛人だったが、現在は我々に協力して、カイル・マクヴィル追放作戦の指揮を執っている有能な女性だ。きみとは気が合うと思う、ついてきてくれたまえ」

促され、地下ボイラー室を出て地上を目指す。

——やれやれ。今後はケリガンの犬か。

——ま、ケリガンと繋がれたし、任務の内容は同じだし……。

潜入工作員としての活動目的は、いままでと変わらない。ただ異なるやり口を強制されただけ。カイルの愛人になるなんて気乗りしないが、政治犯収容所へ行くよりはまだ、そっちのほうが楽そうではある。

「かわいそうなあたし」

ぽつりとひとこと愚痴を垂らして、アンディの背中へついていった。


「あの男、イザヤの写真を見ながらわたしにくわえさせてたの」

夜の摩天楼を見下ろしながら、ユーリの新しい上司はそう呟いた。

高層ホテル最上階、ケリガン財閥専用ラウンジバーで、ユーリはカクテルを片手に、カイルの元愛人、エステラの言葉に聞き入る。

「カイルは白之宮イザヤを手に入れるために、あらゆる手段を使って政府金融顧問官まで上り詰めた……。女好き、ってレベルじゃないわね。願いが全部叶っちゃって、やりたいことがなにもない世界で、幸福を求めてあがいてる哀れな男。イザヤを欲しがるのも、願っても手に入らない相手だから。わたしは、あいつに引導を渡してやるの」

宝石箱みたいなニューヨークの夜景が、エステラの横顔のむこうにある。きれいなひとだけれど、情念が濃い。

「イザヤを狙うために大統領になるって話、ほんとなんですねー。なんていうか、バカなのか天才なのかわかんない感じ」

「あいつがフォール街の頂点まで上ったのはクロトのおかげよ。彼はクロトにありきたりなメソッドを教えただけ。恩人のクロトを騙して財産を全部奪って、クロトにとってなにより大事なイザヤまで奪おうっていうんだもん。クズすぎて引いちゃう」

「しつもーん。エステラって、クロトと面識あるの？」

「もちろん。わたし、カイルの秘書だったから。イザヤも一度だけオフィスで会った。美人で気品があって凛として、あ、この子は絶対、カイルに食われるって思った。そしたらクロトとふたりで出ていっちゃって。残されたカイルの間抜け面、思い出すといまでも笑える」

エステラの話では、およそ四年ほど前、まだクロトがフォール街の投資家だったころ。カイルがクロトをだしにしてイザヤを自分のオフィスに呼びつけて口説こうとしたが、イザヤはクロトだけを連れてオフィスを出ていき、残されたカイルは意気消沈してそれから数日落ち込んでいたとか。

「カイルがイザヤに異常なくらい執着しはじめたのはあのときからなの。なにしろ、フラれたことがないひとだから。それにカイルの目の前でイザヤが選んだ相手がクロトでしょう？　クロトに嫉妬してるのよ。イザヤが好きなのか、クロトに嫌がらせしたいのか、ほんとのところはよくわからない」

「へー。知らなかった……」

日之雄人の誰も知らない話だ。ふたりが同じ時期にガメリアにいたことは知っていたが、ニューヨークでデートしてたなんて。

にへえ。

とユーリは笑ってしまう。こういうゴシップ、大好き。

「そうかー。そのころから好きあってたんですねー。素直になればいいのにほんとに、やーん、クロトかわいい～」

にまにましながら、ユーリは悶える。

エステラも昔を思い出し、微笑む。

「あなたこそクロトを知っているのね。彼は元気？」

「イザヤの横で参謀してます。彼は昔、大逆事件を起こしてるから、全然、新聞には載らないですけど。イザヤ艦隊が強いのは、たぶんクロトのおかげ」

「あら、そうなの？　さっき国際電信が入って、ソロモンで大公洋艦隊がまたイザヤ艦隊に大負けしたみたいよ」

「へえ。さすがケリガン。新聞より情報早いんだ」

「マスコミなんて、とっくにカイルに買収されてて信用できない。ケリガンは自前の国際情報網から、信頼できる情報だけを得ているの。シアースミス司令官が戦死したそうだけど、それってもしかすると、クロトにやられたってことかもね」

「イザヤ艦隊に負けたのなら、そうだと思います。イザヤ艦隊の作戦は全部、クロトが立ててるはずだから」

「それって英雄じゃない。全然報道されない、ってかわいそう」

クロトが作戦参謀として傑出した戦果をあげつづけていることを、日之雄人もガメリア人も全然知らない。エステラでも知らないということは。

「クロトがイザヤと一緒に戦ってること、カイルは知ってます？」

「わからない。それを知ったなら……絶対にひどく嫉妬することだけは確実だけど」

「へえ……。なるほど」

最愛のイザヤと、憎いクロトが手を取り合ってガメリアと戦っているさまは、カイルにとって不愉快の極みなのは間違いない。

んふふ、とユーリは内心でほくそ笑む。

作戦がうまくいってカイルに接触できたとき、クロトの現状を教えてやったらどんなふうに嫉妬するだろう。嫉妬のあまりとんでもない行動に出て墓穴を掘ったりしないかな。

「だんだん面白くなってきた」

「あなた、ずいぶん楽しそうね」

「だってクロトって冷血漢気取りのくせに、ほんとはイザヤを守るために戦ってるんですよ？　キュンキュンしちゃうっていうか～。早く素直になればいいのに不器用だな～。しょうがないからあたしが手伝ってあげなきゃな～」

他人の色恋沙汰に余計なくちばしを突っ込むのはユーリの性癖だ。自分になんらメリットがなくても、他人の恋路へ土足で立ち入ることで心身ともに活性化してくる。

「たくましいのね。ひとりで敵地に乗り込んで工作するだけあるわ」

「それ言うなら、アンディやあなたもクレイジーよ。せっかく捕まえたスパイを解放しちゃって大丈夫？　三代目に怒られると思うけど」

「ケリガン財閥は元々厭戦派よ。ホワイトハウスと敵対してるのも、チャーリーがこの戦争に反対したのが原因。あなたがこの街で厭戦の流れをまとめてくれるなら都合がいいし、カイルを追放する切り札にもなれるし、解放したほうがメリットが大きい。もちろん今後はわたしが監視するし、週に一度は活動を報告してもらいます」

「あいさ～」

「さて、カイルと接触する方法だけど。彼が参加するパーティー全部に忍び込んで視界に映るしかない。当然むこうもハニトラを警戒してるから、こっちから声をかけるのはNG。カイルから声をかけてくるのを辛抱強く待つわけだけど、彼、ハリウッド女優を食いまくってるから、美貌（びぼう）だけでは近づいてこなくて」

「カイルって民主党選出の大統領候補でしょう？　十一月の選挙までは、ガード堅くなると思うなあ」

「そのとおり。大統領になったあと、気が緩むのを待つしかないけど、それだと来年の春くらいまでかかるでしょうね」

ユーリはげんなりする。カイルの目に映るためだけに、何度もくだらないパーティーに参加させられるなんて、ぞっとする。

そしてふと、違うやりかたを考える。

――別に愛人としてじゃなく、ビジネスパートナーとして接近するのもアリよね。

それができたなら、カイルに奉仕しなくて済む。もちろん、愛人になるより遥（はる）かに難易度が高いけれど。

ユーリには、切り札がある。

――オプション価格最適化方程式。

クロトが送ってきた現代錬金術を使って、カイルの興味を惹くことができないか。

「カイルって、自分に敵対する相場師はほとんど全員、破滅させてきたのよね？」

「ええ。あらゆる汚いやり口を使って、他人の財産を合法的に奪い取ってきた。だからこそ、いまの彼の地位がある」

ふーん……とユーリはなにごとか考え、薄く笑う。

「思いついた。カイルからあたしに接近させる方法」

エステラは、数度のまばたきで答える。

「あたし、投資家だから。フォール街を使って、カイルの視界に映り込む」

ユーリの笑みに、自信がたなびく。

「ケリガンがあたしを支援してくれるのよね？　ちょっと事業はじめたいから、おカネ出してくれない？」

不思議そうにユーリを見つめて、エステラは言った。

「アイディアを聞こうかしら」

†　†　†

聖暦一九四〇年、十月八日、ミシガン州デトロイト。

この地で今日ひらかれた民主党大会には五万人もの大観衆が訪れて、民主党大統領候補、カイル・マクヴィルの演説に酔いしれた。

若く金持ちで長身かつハンサム。女性が男性に望む全てを所有するカイルが演壇から言葉を放つだけで、全ての女性客の両目がハート形になり、男性は嫉妬しつつもカイルが語る未来に酔う。

『お約束しましょう。わたしが大統領になったならば、あと一年以内に日之雄(ひのお)を屈伏させてみせると！』

『日之雄の悪の根源は皇王家にあります。日之雄を降伏させたのちは皇王家は解体し、二度と自(みずか)らの意志で戦争ができぬよう憲法を改正いたします！』

『もうすぐですみなさん、戦争のない平和な世界が到来します。わたしが生み落とした天空の大艦隊が、みなさまに勝利をお届けするでしょう！』

五万人が催眠術にかけられたように、カイルの言葉に熱狂する。

演説を終えてもカイルの名を呼ぶ声が収まらない。

片手を振りながら演壇を降り、控え室に戻ったカイルはその場で笑顔を掻(か)き消し、仏頂面(ぶっちょうづら)でネクタイを緩めてソファーにもたれる。

「この街の大気は嫌いだ」

ぼそりと本音をこぼす。すぐに補佐官、事務官、広報官、そのほか様々のスタッフがカイルを取り巻いて口々に連絡事項を伝え、指示を受け取り、カイルの片手が上がったのを合図に彼ら全員、愛人兼秘書マリオンが室外へ追い出す。

「ケリガン財閥のアンディ・バーモントが、このところ不審な動きを」

ん？　とカイルは目線だけをマリオンへむける。

マリオンは「フォールストリート・ジャーナル」をカイルに手渡し、巻頭の特集ページを指で示す。

『フォール街を席巻する「クロノード」

現代の錬金術師、ユーリ・ハートフィールドに迫る』

記事を要約すると。

新興ヘッジファンド運用会社「トムスポン・テクノロジーズ」が好調だ。主力ファンド「クロノード」は脅威の収益率一四七〇％を記録し、運用資産はすでに一億ドルを突破。常識破りのヘッジファンドを考案した実業家、ユーリ・ハートフィールドに話を聞いた。

『これからはリスクを極限まで減らしてメリットだけを受け取る時代。他人を蹴落としてのしあがるなんて前時代的なやり口です』

――それは某大統領候補に対する皮肉ですか？

『皮肉だなんて。挑戦状です。あたしはカイル・マクヴィルとは別のやりかたで、フォールストリート・ルネッサンスをもたらしたいの』

——フォール街の覇王へ挑戦状とは大胆ですね。勝てると思いますか？

『クロノードは世界一安全で儲かるファンドであることを証明すれば、充分に勝機あります』

——そこまでカイルに敵対心を持つのはなぜ？

『あたし、黒之クロトのファンなんです。カイルはクロトのおかげであそこまで出世できたのに、クロトを追放したでしょう？　それが許せなくて、仇討ちしたいんです』……。

ぱたん。

カイルは雑誌を閉じて、目元を指で押さえてから、仏頂面をマリオンへ持ち上げる。

「なんだね、これは」

「その子の背後にアンディがいるの。ケリガンの支援を受けてフォール街を荒らしてるのよ、そのユーリって子」

「くだらん。いまはこんなのに構っているヒマはない」

「あなたに敵対してる投資家が、その子のところに集まってる。ケリガンはユーリを使ってあなたにケンカを売るつもりでは？」

ふん……。と鼻息をひとつ、カイルは放つ。

フォール街で相場師をしていたころは、連日連夜、敵を蹴落とすことに邁進していた。ホワイトハウスに入ってからはすっかり相場とも縁遠くなり、個人資産の運用は代理人に任せている。しかし政治の世界はコネとカネと外面がなにより大事で、地味な苦労が大きいわりには退屈だ。

大統領選が終わったら、気晴らしにフォール街で遊んでみるのも悪くはないが。

なにかが気になり、カイルはもう一度、雑誌の特集記事をひらいてみる。

ユーリの顔写真を確認し、顎へ手元を添える。

「ふむ」

鼻息が洩れる。かなりの美人だ。

「二十歳だって。きれいな子よね」

「勝ち気で凛々しく芯が強そうだ。わたしに楯突こうとする心意気もいい」

カイルはすぐに手に入る獲物は飽きている。欲しいのは、簡単に手に入らないもの。それにユーリはとても、好みの性格のようだし。

「しかもクロトのファンか。どちらが男性として魅力的か、よく教えてやらねばならないな」

マリオンは心中、うまくいったと喜んでいる。この記事を読んですぐさま「絶対この子、カイルに狙われる」と確信していた。マリオンとしてはいまさら他の女性に手を出したからと怒る気もなく、むしろ自分が奉仕活動しなくて済むからうれしい。

「次、ニューヨークへ行くのは？」

「十日後ね。党大会のあと、市長と会食」

「呼ぼう」

「ＯＫ」

マリオンは予め(あらかじ)メモしておいたトムスポン・テクノロジーズの電話番号を確認し、受話器を持ち上げた。ごめんなさいねユーリちゃん、しばらくこのひとのおもちゃになってあげてくださいな。

†　†　†

「エステラの言うとおり。カイルは罵倒(ばとう)されて喜ぶ変態でした、おえ〜〜」

マリオンとの通話を終え、受話器を戻し、ユーリは自ら(みずか)を抱きしめて悪寒(おかん)をこらえた。

トムスポン・テクノロジーズ事務所のデスクで予想収益率を確認していたエステラが、明るい笑顔を持ち上げる。

「もしかして、食いついた？」

ユーリは気に入らなそうに肩をすくめ、

「カイルの秘書から。十日後、エンパイアステート・ビルのオフィスで会おうって」

告げると、「きゃ―――っ」と歓声をあげながらエステラはユーリへ駆け寄り、思い切り抱きしめる。

「すごいすごい!!　この二年間、誰もアプローチできなかったのに!!　この短期間でこっちむかせるなんてすごいすごいっ!!」

本当にうれしそうに、エステラはその場で飛び跳ねる。

ユーリはいかにもイヤそうに、

「まさかほんとにあの記事で引っ掛かるなんて。ケンカ売られて喜ぶってどういう性癖(せいへき)？」

「いまでは逆らうものが誰もいないから、退屈なのよ。他人と戦ってるときだけ生き生きするの。女も同じ。自分に逆らう女は全員、言うこと聞かせないと気が済まない」

「うおー。会いたくないぜー」

ユーリは頭を抱えて身もだえる。作戦が成功したのは喜ばしいが生理的嫌悪が隠せない。

「とにかく、いい波が来てるわ。あなたなら絶対、カイルに気に入られるから」

「気乗りしない～」

「演技よ、演技。スパイなんだから得意でしょ？　あなたがここで生きていくには、カイルと友達になるしかないの。手伝うから、がんばって」

事務所内はいまふたりきりで、他のスタッフは階下のフロアで電話応対にいそしんでいる。鳴り止(や)まない電話の音を足下から漏れ聞きながら、ふたりはひそひそ話をつづける。

「トムスポン・テクノロジーズ」はかつての投資家集団「クロノス」事務所をそのまま引き継ぎ業務を行っている。オプション価格最適化方程式を用いて開発された金融商品(ファンド)「クロノード」は募集開始と同時に話題を集め、経済専門誌ではその新しすぎる設計理論に賛否が分かれた。しかし「クロノード」が実際に異常な収益率を記録したことから、このところうなぎ上りに参入が増えている。

「大変大変大変です、パペット会長がクロノードに一億ドル出資しました！　これでますます勢いがつきます！」

いきなりトムスポン社長が顔を青ざめさせ、事務所内に飛び込んできた。

パペットほどの一流投資家が参入したなら「クロノード」の信用が増し、後追いでさらなる投資家が出資してくる。運用資産の二％と運用益の二〇％が運用会社の収入になるから、カネが集まるほど雪だるま式に会社の収益も増えていく。ふたりは密談をやめ、表情を輝かせる。

「わお、やったじゃん！　大金持ち!!」

「おめでとうトムスポン、スタッフ増やさないとね!!」

このところ少し太ってきたトムスポンはハンカチで頬(ほお)を拭きつつ、興奮で眼鏡(めがね)を曇らせる。

「おふたりのおかげです！　ユーリの方程式とエステラさんの支援があったから……！　ほんとに、本物の、現代錬金術ですよクロノードは……!!」

トムスポンは感激のあまり言葉が出ない。カイルに嵌(は)められて全財産を奪われて以来の四年間あまり、貧しさに耐えながらがんばってきた。その努力が、この桁(けた)外れの大成功となって報われようとしている。

クロノード事業本部長ユーリは「まあまあ落ち着け」とトムスポンの肩を叩きながら興奮を

冷まさせ、同副部長エステラも「顔が真っ赤よ、社長」と手を添える。

「この調子でいけば、きっといつかカイルと戦えます！　仕手戦を仕掛けて彼を一文無しに引きずり落としてやる日がきっと……！」

旧投資家集団「クロノス」会員であるトムスポンはずっと、カイルへのお返しを夢見て投資家をつづけてきた。盟友のＪＪはいま営業部長として、先月買い取った階下フロアで「クロノード」のさらなる普及に励んでいる。

「今日だけで一億七千三百万ドルも資産が増えました！　スタッフに物理学、数学、統計学の専門家が必要なので、すぐに募集を開始します！　忙しくなりますが、やっと掴んだチャンスです、もっともっと高みを目指してがんばりましょう！」

眼鏡を真っ白に曇らせながら、トムスポンは腰に手を当て拳を突き上げる。ユーリとエステラも笑顔で片手を突き上げ「おーっ」と応じて、トムスポンを階下へ戻し、再び密談を再開。

「どんなドレスがいい？」

「露出しすぎるとダメね。かといって固すぎると萎えちゃう。ドレスは鎖骨と両肩を出して、胸元はそんなに強調しないで、腰のラインをズバっと……」

一億七千万ドル超の増資など意にも介さず、ふたりは着ていくドレスについて細かな打ち合わせをつづける。「クロノード」はあくまでカイルを釣るためのエサであって、どんな収益をあげようがふたりの本来の任務とは関係ない。もちろんトムスポンはその秘密を知らないし、今後明かす予定もない。

「明日、マディソン街へ行かないと。付き合ってくれる？」

「オーケー。最高のドレスを選びましょう」

ふたりは仲の良い姉妹みたいに、買い物の予定を立てた。そのあとも鳴り止まない電話の音を片耳で聞きながら、十日後の決戦に備えて細かな打ち合わせをつづけていく……。

運命の日。

午後八時五十分。

「行ってきます」

ブランドもののパーティードレスに身を包んだユーリは表情を引き締め、エステラに告げた。

この日のために一緒に選んだドレスはエステラの指示どおり、鎖骨と肩口が露わで腰のラインを美しく見せるブランドもの。

「幸運を祈るわ。触られても、すぐキレちゃダメよ？」

「わかってる。なんとかこらえる。今日はなにがなんでも、カイルと友達になんないといけないもんね」

「お酒が入ったら、状況を見ながらソフトな罵倒を入れて、ゆっくり強度を高めていく。頬杖をついたら気に入ってる証拠で、目元を両指で押さえたら気に入らない証拠。仕草を見ながら罵倒を調整するのよ?」

エステラの言葉に、ユーリは真剣に頷く。この十日間、時間を見つけてカイルへ罵倒や挑発をいれる練習をしてきた。エステラ曰く、うまく嵌まればすごく喜ぶのだそうだ。

「任せて。エステラのおかげで、ディープなスラングがとっても増えた。たぶんもうお嫁にいけない」

「ユーリならわたしより上手に使いこなせるわ。あなた、性根が腐ってるもの」

「ありがとう。エステラこそ、情念濃すぎてカイルがかわいそう」

練習のしすぎでふたりとも罵倒が日常会話になっており、相手のひどい言葉もあっさり受け入れ抱擁を交わす。

「うまくいけばいつまでも頬杖して喜ぶから。頼んだわよ」

「おっけー。無事を祈ってて」

エステラと別れ、ユーリは建物前面の外付け階段を降り、迎えにきた黒塗りの高級車にひとり乗り込み、四・五キロメートルほど走ってエンパイアステート・ビル前へ到着。

八十五階、プレートのないただのエントランスをくぐり、受付で来訪を告げ、秘書に導かれてオフィスのなかへ。

天井まで届くガラス窓の並びのむこう、夜のマンハッタンが広がっていた。きらめく摩天楼を見渡す高みで、標的はソファーから立ち上がり、ユーリを出迎える。

「いらっしゃい。はじめまして。カイル・マクヴィル」

「お招きに感謝します、ミスター・マクヴィル。ユーリ・ハートフィールド」

「カイルで」

「オーケー。ユーリで」

高級スーツに身を包み、輪郭に不可視の陽炎をたたえたカイル・マクヴィルを実見し、ユーリは生理的なものとは別の意味で鳥肌が立つのを覚えた。

――確かにヤバいわ、こいつ。

勧められたソファーに腰を下ろし、ユーリはカイルの内面に宿る危うさを直感で悟る。人間なのか人形なのか、その両方でもないのか、得体が知れない。

オフィス内には今日の主要銘柄の終値が記された黒板とティッカー・マシンがあった。昼間はスタッフがここで株式売買を行っているのだろうが、いまはふたりきりだ。

「呼びつけてすまない。例の記事を読んで、会ってみたいと思った。実際に会うほうがずっと魅力的だね」

「ありがとう。噂はエステラから聞いてる。ここであなたと働いてたのよね、彼女」

いきなりかつての秘書兼愛人の名前を出すと、カイルの眉がぴくりと動く。

「エステラはクロノード事業部副部長よ。つまりわたしの部下」

カイルはしばらく真顔でユーリの勝ち気な表情を見つめ、それから小首を傾げてにこりと笑った。

「やはりフォール街は面白い。優秀で個性的な人材が次々に現れる。これに比べるとホワイトハウスは退屈だ、他人の顔色を読むのが上手い口先野郎がごろごろしているだけ」

「この街へ戻ってくればいいじゃない。あなたと相場で遊んでみたい」

ユーリは笑顔のまま、挑発する。

カイルは表情を崩さない。

「ずいぶんわたしに絡むんだね」

予めエステラと相談し、用意していた言葉をカイルへ投げる。

「エステラから聞いてた。カイル・マクヴィルに接近したいなら、挑発しろって」

「…………」

「あなたは挑発に乗ってあたしに会った。作戦成功。本音をいうと、あたし、別にあなたを嫌ってない。むしろ興味があって挑発したの」

ユーリの言葉を、カイルはしばらく黙って受け取ってから、ソファーの背もたれに上体を預ける。

「……うまくいっておめでとう。それで、わたしになにを望む？」

落ち着いた声音と、穏やかな笑み。その底に潜む空虚な獣を、ユーリは感じ取る。

「あなたのビジネスパートナーになりたい」

「…………………」

「……ケリガンはあなたと敵対したけどあたしは違う。もっともっと上に行きたい。だから、ケリガンとあなた、両方と仲良くしたいの」

ふむ、とカイルは鼻を鳴らし、

「ケリガンをホワイトハウスから蹴り出したのはわたしだよ。今後仲良くする予定もない。その関係は、少々都合が良すぎるね」

「あたしは別にケリガンもあなたも嫌ってないし。あたしなら、あなたとフォール街の接点になれる」

カイルは黙ってユーリを見つめる。ケリガンと敵対したことで、カイルはフォール街の重鎮たちから軒並み嫌われた。老人たちが味方になることは未来永劫ないだろうが、これからフォール街を駆け上がろうとする優秀な新人が味方になるのは悪くない。

そしてカイルは改めてユーリを見やり、心中で頷く。

——賢く、勇気があり、美しい。

——イザヤほどではないが、逸材だ。

——味見してやってもいい。

カイルは口の端だけで笑んで、片手にワイングラスを取った。

「いける？」

「ええ」

「こちらへどうぞ」

カイルは自らの傍らを指で差す。

――そう来るでしょうね、このスケベ。

――ぜってー触らせねーかんな……。

内心で毒づきつつ、ユーリは典雅に笑んで素直にカイルの傍らに座る。

カイルの注ぐワインの色と香りに全力集中。薬物の香りはない。飲んでも大丈夫。

「乾杯」

気取った仕草に付き合ってワイングラスを合わせ、ひとくち飲む。

「わたしは女性の友達がひとりもいない」

間近から、カイルがささやく。

「あら、なぜ？」

「全員、友達以上になってしまう」

おえー。

「あたしが最初の友達になってあげる」

「きれいな髪だ」

カイルはユーリの髪の毛を一房、指先でつまむ。

「さわんな」

思わずドスの利いた声が漏れた。

――しまった。先にあたしの本性が出た。

「?」

カイルは意外な様子で目線を持ち上げる。

「あ、ほら、友達だし」

ユーリは横っ飛びに飛んで、ソファーの端、カイルの手が届かない距離へ退避。

――たぶん、いや絶対、あたしが喜ぶと思ってんだ、こいつ。

これ以上はまずい。髪の毛だけで反射的に拒絶するなら、身体を触られたらたぶん次の瞬間ワインボトルでぶん殴る。あたしならそのくらいのことはやる。

ユーリは必死に自分を抑えつけながら、予定より少し早いが用意していた台詞を投げつけることにした。

「あなた、好きなひといるでしょ」

その質問に、カイルはますます怪訝な表情を浮かべる。

「エステラから聞いたわ。あなた、白之宮イザヤをいまでも狙っているそうね。大統領候補になったのも、イザヤが欲しいからなんでしょう?」

いきなり面とむかってそう言われ、カイルはしばらくユーリを見つめ、思い至ったことを口にする。

「……そういえばイザヤの写真を見ながら、エステラにくわえさせていた。……そうだな、彼女は当然それを知っている……」

ユーリはカイルの表情が若干変わったのを確認。

ここで思い切りおだてて、カイルの関心をイザヤへ誘導しよう。

ぱん、と手を叩いて、ユーリは表情を輝かせる。

「大統領になって皇王家を解体してイザヤを手に入れようなんてすっごいドラマチック！　普通の人間じゃそんなこと思いつかないよ、人類史上最大スケールの大恋愛ね！　やっぱりフォール街の覇王はやることが違うなー、こりゃあイザヤも絶対落ちちゃう！」

少し大げさなくらい褒め称えると、カイルの表情が若干、緩む。

「……わたしが出会ったなかで最高の女性がイザヤであることは確かだ。このわたしを歯牙にかけなかったのも彼女だけ。気品、威厳、凜々しさ、闊達とした仕草や表情……あれを全て手に入れるには、そのくらいのことはできないと、ね」

爽やかにそんなことをのたまうカイルへ、ユーリは笑顔を返す。

「カイルなら絶対、イザヤも大統領も日之雄も、望んだものぜーんぶ手に入るよ！　かっこいいな～、応援してるよ～っ」

——こいつほんとに頭おかしいんだ……。きっと寂しいんだね、かわいそう……。

言葉で励まし、内心で哀れむ。こんなバカ、みたことない。

「ちなみにわたし、イザヤとは友達なの」

そしてここでいよいよ、用意していた大ウソを放つ。

「ガメリア留学中のイザヤと友達のパーティーで会って意気投合。そのあと何度も会っていろんな話したわ。ほんと素敵な子よね～」

それを聞き、カイルは真顔になって身を乗り出す。

「……ほう、きみとイザヤが友達。これはまた意外な組み合わせだ」

「あたし香港(ホンコン)生まれで、母親が日之雄(ひのお)人なの。日之雄には何度も行ったし、むこうの言葉も話せるから、イザヤも安心したみたい。さすがにいまは会えないけど、戦争が終わったらまた一緒にお茶したいなー」

ふむ……とカイルは満足げに話に聞き入る。ユーリは堂々とイザヤとのエピソードをでっちあげて、カイルの興味を引き付ける。

「イザヤって凜々(りり)しいけど純情で。言い寄ってくる士官候補生はいっぱいいたのに全員無視。ただでさえ日之雄人はお堅いのにイザヤは王族だから特にウブ。ガメリア人みたいにぐいぐい来るタイプって苦手みたい」

イザヤとはフィルフィンのパーティーで一度会ったきりで、ろくに会話もしていないが、そんなことはおくびにも出さず、当たり前の顔でウソを並べる。

カイルは疑う様子もなく、ユーリの話を興味津々で聞き入る。

「でも気になるひとはいる、って聞いたなー」

「ほう」

「誰か、まではわかんないんだけど～。でもだいたいわかる、っていうか～」

「誰だろう」

「た・ぶ・ん。黒之クロト」

びきぃ。

カイルのこみかみから、そんな音が鳴った。

「あのふたり、絶対好き合ってると思うのよね～。エステラの話だと、あなたに構わずクロトとふたりでデートに出かけたみたいだし～。ヤバいよカイル、もしかするとクロトってば、もうイザヤの近くにまとわりついてるかも～」

身をくねらせながら挑発してみる。カイルは一瞬浮かんだ強い感情を瞬時に飲み干し、深い溜息をついて言う。

「……イザヤ率いる第二空雷艦隊の作戦参謀がクロトだ。ソロモン海戦で捕らえた水兵たちの証言で明らかになった。本人は恐らく、イザヤを守っているつもりだろう」

へえ。知ってたんだ。まあ、大統領候補ならそのくらいは知ってるか。

「ほら！　やっぱり一番近くにいる！　どうしようカイルぅ、このままだとイザヤがクロトのものになっちゃう～」

顎の下に両拳をあて、裏返った声と一緒にユーリは挑発をつづける。クロトの名前を出すたびにカイルが反応するのが面白くて、ついつい調子にのってしまう。

カイルは平静を装っているが、面の皮の一枚下にうごめく激昂をユーリは見逃さない。確実にカイルの感情が乱れているのがわかる。このひとほんとはイザヤじゃなくてクロトが好きなんじゃないかと疑いながら、付けいるタイミングを探って、どん。

「あたし、イザヤと友達だし、力になれるかもしれない。今後イザヤのことで困ったことがあったら連絡くれるとうれしいな」

いま思い出した、といった風情でユーリはハンドバッグをあけ、自分の名刺をカイルへ手渡す。

カイルはしばらくユーリの名刺を見つめたあと、カードケースを胸ポケットから取り出す。

「きみは面白い」

カイルの名刺に刻まれたオフィス直通電話番号を確認し、ユーリは笑顔をたたえる。

「ありがと！」

――第一関門、クリア。

とにかく顔と名前は売ったので、さっさとここから逃げ出したいが。

「ゆっくりしていきたまえ。せっかく女性の友人ができたのだ、きみのこともいろいろ知りたい」

カイルはグラスへ新しいワインを手ずから注ぐ。

──くっそー。帰りて～。

ワイングラスを受け取って、ユーリは微笑む。

「あたしもカイルのこと、もっと知りたいな」

ユーリは内面と外面を完璧なまでに切り離し、会話の合間に肩や太股目がけて伸びてくるカイルの手を躱しつつ親交だけ深めるという至難の業を深夜までつづけた……。

「……ただ……い……ま……」

午前二時半。五時間少々の激務を終えて、げっそりと痩せ細ったユーリは事務所へ戻った。

「お帰りなさい、大丈夫!?　あぁ、こんなにやつれて……」

エステラは起きて待っていた。ユーリに駆け寄り、心配そうに両手を握る。

「……み、水……」

幽鬼のごとき表情で、ユーリは水を所望する。

「なにもされてないわよね!?　さ、ゆっくり飲んで……」

受け取ったグラスの中身を一気に飲み干し、ユーリはドレスの袖で口元をぬぐって、深く、深く、溜息をついた。

一度、がくーん……とうなだれたあと、涙目をエステラへ持ち上げ、ぐずっ、と洟をする。

「エステラぁ……」

「な、なに⁉」

ユーリはいきなりハイヒールを脱ぎ捨て、傍らのソファーに身を投げ出す。

「二回も触られた――――っ‼」

うつぶせに横たわり、腕枕めがけて絶叫し、足をバタバタさせる。

エステラが眉間に皺を寄せ、ユーリの傍らに屈んで背中をさする。

「太股と尻！　あんなやつに触られた――――っ‼」

ユーリは声をあげて大泣きに泣く。

「……五時間でそれならすごいわ。わたしならもっと屈辱的なこと十回やらされてる」

「うぐっ……ひぐっ……あんなやつにっっ‼　二回も触られた――〜〜〜………」

「うんうん、かわいそうに。でもそのくらいで済んだならマシなほう。罵倒はうまくいった？」

尋ねると、ユーリは涙と鼻水でぐしゃぐしゃの顔をエステラへむけて、

「尻触られたから本気で罵倒してやったら！　あいつめちゃくちゃ喜んで！　ますます触ろうとしはじめて‼　エステラが教えてくれたスラング全部投げつけてやったらげらげら笑って身

もだえしてた！　なんだよあいつ、あんなの大統領にしたらダメだよガメリア！」

「……うん。……これは思った以上に気に入られたわね……。よくやったわユーリ、やっぱりあなたすごいわ。これからもカイルに会うたびそういう目に遭うけど任務はつづけてね」

「い――――や――――――〜っっっ!!」

ユーリは足をバタバタさせて苦悶する。

エステラはユーリの背中をさすりながら、慰める。

「……ともかく次期大統領に気に入られたことを喜びましょう。もっと仲良くなれば、絶対いつかボロが出る。あなたなら絶対できるから、辛いでしょうけどがんばって……」

エステラの言葉を嗚咽と一緒に聞きながら、ユーリは気が済むまで泣きわめく。

思い切り泣いてわめいて罵声をあげて、いきなりぴたりと泣き止む。

「……大丈夫？」

「……大丈夫」

ユーリはやつれた表情で上体を持ち上げ、ソファーの背もたれに背を預け、天井を仰いで目を閉じる。

「…………オーケー。……とにかく……直近の目標は達成。……うん。……会社も絶好調だし大統領候補と友達になれたし、任務はいまだ順風満帆。……やっぱりあたしはできる女。……あたしは、世界最高の女スパイ……」

自分に何度もそう言い聞かせ、くわっ、と両目を見開く。

「あいつ絶対コロす!!」

おのれの魂の中枢に、その決意を刻み込む。

「おならもできんようにしたる……!!」

両目を血走らせ、ユーリは天井にむかってドスを利かせる。国家でもなく、大切な誰かでもなく、触られた太股と尻のためにユーリは戦う。

「怖いわユーリ、それあなたの考えたスラング? ひどい言葉ね、でも元気が出て良かった。そうよ、カイルに仕返しするためにがんばりましょう」

「………エステラの気持ちがわかった。情念濃いなんて言ってごめん。エステラの分まであいつに代償払わせるから。鼻くそもほじれないようにしてやるから」

「あなたの情念も相当濃いわね……。でも、うん、カイルが射程圏に入ったのは僥倖よ。たとえあいつが大統領になったとしても、大統領として不適格な言動の証拠を摑めば弾劾できる。本当にあなたの活躍で、日之雄を救えるかもしれないから……ね?」

エステラの慰めに、ユーリはもう一度、ドレスの袖で目元を拭った。

「……着替える。……手伝って」

若干むくれたようなユーリの言葉に、エステラは微笑を返した。

歴史書に記載されることのない、ユーリの暗闘はつづいていく……。

終幕

conclusion

聖暦一九四〇年、十月十九日、阿蘇、草千里基地――

「二年前、マニラ沖海空戦で『井吹』が大戦果をあげたため、急遽、改装した飛行駆逐艦だそうだ」

阿蘇山中腹、高度千二百メートル付近に据えられた桟橋で、日之雄第八空雷艦隊司令官、白之宮イザヤ少将は双眼鏡を目に当てて呟いた。

傍ら、同艦隊首席参謀、黒之クロト中佐もまた、双眼鏡で艦影を見ながら答える。

「二匹目のドジョウを当て込んだか。同じやり口が通用するとも思えんが」

「ほぼ『井吹』の同型艦だと聞いていたが、本当にそういう感じだな」

上甲板から突き出る複数の空雷発射管を視認して、イザヤは言った。あの「井吹」がまた戻ってきたのではないかと錯覚するくらい、こちらへむかってくる新規飛行駆逐艦は「井吹」にそっくりだ。

ふたりの後方に控える下士官たちも、肉眼で艦影の細部を観察して感想を話し合う。

「そのまんま『井吹』だぜ」「懐かしいな。なんか実家みたい」

彼らはみな、二年前のマニラ沖海空戦で「井吹」に乗っていた貴重な生き残りだ。接近してくる新たな駆逐艦を感慨深げに遠望しつつ、懐かしい「井吹」を思い出す。
「水簾」「懸河」「飛瀑」「白竜」。
第八飛行艦隊に編入された新型飛行駆逐艦四隻には、「滝」に由来するそんな名前が付けられていた。

新たな四隻は「井吹」と同じく、両舷合わせて十基四十門の空雷発射管を持つ重雷装飛行駆逐艦である。マニラ沖海空戦で「井吹」があげた世界海戦史上空前の大戦果を受けて、建造中だった飛行駆逐艦の上甲板を一から造り直し、「井吹」と同じ十基もの空雷発射管を搭載した四隻は、いまの連合艦隊にとって正真正銘の切り札だ。

現在の第八空雷艦隊に所属する「東雲」「末黒野」「川淀」「卯波」に乗り込む水兵たちは、全員が新しい重雷装駆逐艦四隻に引っ越すことが決定されていた。開戦以来、幾多の決戦に勝利してきた「国家の至宝」ともいわれる水兵たちを「切り札」に乗せて、来たるべき最終決戦に備える構え。

「次の決戦で全てが決まる。いろいろと艦を乗り継いできたが、これが最後の引っ越しになるだろう」

イザヤの言葉に、クロトも頷く。

「井吹」にはじまり、衝角攻撃で果てた「飛廉」、ソロモンに散った「村雨」と、ソロモンを生き抜いた「東雲」——。激変する戦況に合わせて様々な船を乗り継いできたが、イザヤの言葉どおり、次なる第八空雷艦隊旗艦「水簾」が、恐らくは最後の乗艦になりそうだ。

桟橋を目指して、単縦陣がゆっくりと右逐次回頭へ入った。横腹が見えると上甲板に居並んだ右舷五基、左舷五基の空雷発射管もはっきり見える。

ほどなく四隻は両舷停止、迎えの内火艇を桟橋目がけて送ってくる。現在、新型艦四隻を操艦している新人水兵たちは古参兵と入れ替わりに「東雲」「末黒野」「川淀」「卯波」へ引っ越す予定。これで第八空雷艦隊は全八隻となり、艦隊としての格好がつく。

「行こう。新しい我が家だ」

イザヤに促され、一同は荷物を担いで、迎えの内火艇へと乗り込んだ。

乗り込むと、新型艦特有の真新しいペンキの匂いが「水簾」艦内に漂っていた。歴戦の古参兵たちが続々と艦内へ足を踏み入れるさまを、新人水兵たちが緊張の面持ちで出迎える。

「うん。当たり前だが最新機器がそろってる。いい艦だ」

艦首にある羅針艦橋に辿り着いて、イザヤは独りごちる。

クロトとミユウ、それから小豆捨吉艦長がつづいて入っただけで、狭い艦橋内は通り抜けも難しいほど窮屈になる。

「わたしは対空見張所へおります」

ミュウはさっそく羅針艦橋の直上にある露天の対空見張所へ。艦を乗り換えるたびにミュウは、イザヤの直上に陣取って警戒にあたるのが常だ。

「新しい艦に慣れるのに三か月、といわれるが、もっと短くても問題なかろう。水兵たちも引っ越しに慣れているし、兵装は『井吹』とほぼ同じ。新しいのに、懐かしい感じがする」

イザヤの言葉と同時に、捨吉が言った。

「わたしは艦内を一周してきます。早いうちに構造を掴みたいので」

「うん。任せたよ、艦長」

捨吉はイザヤへ敬礼を送って、羅針艦橋を出ていった。

艦橋内はイザヤとクロト、ふたりだけになる。

クロトは用心深く全ての伝声管に蓋をして、小声でイザヤへ問う。

「……それで？　例の件、進展は」

イザヤは口をへの字に曲げて、クロトへ横目を送る。

「……知らん。とにかく、かたくなに断ったから、先方も断念してくれたとは思う」

「……やる気のない人間を連合艦隊司令長官に据えるわけにはいかんからな。わざわざお前に先触れしたのも、お前にその意志があるのか確認したかったのだろう」

「……司令長官は三十年以上の軍歴を経た重鎮でなければ、下がついてこないよ。わたしがそんなところに座ったら指揮系統が混乱するだけだ。国のためにも断るさ」

イザヤはきっぱり言い切った。

先日、連合艦隊司令本部の鹿狩瀬准将が突然イザヤのもとを訪れて「貴殿を次期連合艦隊司令長官に据えようとする意見が出ている」と伝えてきた。思考を経ることもなく、即座に「無理です」と返したが、鹿狩瀬は「風之宮長官を失ったいま、代わりとなる人材がいない」「傑出した戦果をあげている司令官はあなただけ。優秀な人材が軒並み戦死したいま、長官として国民が納得するのは白之宮殿下以外にいらっしゃらない」と懸命に訴えかけてきた。

あのときの鹿狩瀬の本気の表情を思い出すだけで、イザヤの腹の底が冷える。

「鹿狩瀬さんがなればいいのに」

イザヤはぽつりとこぼす。

「賛成だ。だが国民とマスコミはお前を救世主扱いしている。海軍大臣もお前の人気を当て込んで思い切った人事を発案したのだろう。だがお前が断ったとなると、馬場原の再任があり得るぞ」

「呼び捨てにするな。馬場原大将がまたやればいいじゃないか。海軍省の決定に文句をつけたって仕方ない」

クロトはイヤそうに表情を歪ませる。先代の司令長官、馬場原知恵蔵は大敗したインディスペンサブル海戦の責任を取らされて更迭となり、日吉の某大学構内に設置された連合艦隊司令本部で勤務していたが、また長官職に返り咲く可能性があるという。

「知恵蔵はやる気満々だろうよ。海軍大臣と懇意だし、司令本部にも馬場原派がいる。就任したなら、この国は滅びるがな」

「下の名前を呼び捨てにするな。馬場原大将は軍歴も長いし経験もおありだ、なんとかしてくださる」

「ガメリアではカイルのバカが絶好調らしいぞ。本当に大統領に就任するという話だ。貴様、いまのうちに自害する覚悟を決めておけよ。知恵蔵が指揮を執って大敗し、カイルが乗り込んできて貴様の身柄を要求したなら断れんからな」

クロトが最悪の未来を予想すると、イザヤは言葉を粟立たせる。

「いやなことばっかり言うな！　カイル氏が本当に大統領になったとして、そんなバカな要求ができるわけないだろ！」

「いいや、裏から手を回せば簡単にできる。連合艦隊が消滅し、日之雄近海に押し寄せた大公洋艦隊から裏ルートでお前の身柄を要求。日之雄が飲めば降伏を受け入れ、拒んだなら降伏を拒絶し日之雄を火の海にする。やつならそのくらいのことはやる」

「やめろ!!　現実味がない、考慮に値しない、そんなおかしな大統領は存在しない！」

イザヤはほとんど涙目になって反論するが、背筋がさっきからぞわぞわする。あまりにも斜め上すぎる想像なのに、こころのどこかが「そうなってもおかしくない」とささやいている。

「おれはあいつがどんな男か知っている。なにもかもうまくいきすぎて退屈し、自分からバカなゲームを仕掛けて喜ぶクズだ。お前はあいつのゲームの景品で、この」

「もういいやめろ、その話をするな！」

クロトの言葉を途中で断ちきり、イザヤは両耳を手で押さえて真顔を作る。意地でもカイルの名前は聞きたくない様子。

クロトは案じる。

――カイルは恐らく大統領に就任する。

四年前、エンパイアステート・ビルのオフィスでカイルは「イザヤを手に入れるために大統領になる」と宣言した。それに対しクロトは「ならばおれは日之雄の統帥権を握って対抗する」と応じた。

――あいつは大統領に近づいているが、おれはまだ参謀のままだ……。

なにやら敗北感じみたものが、胸の側壁をせりあがってくる。クロトの献策によりイザヤ艦隊は勝ちつづけているが、クロトは中佐のまま昇格しない。

――このままでは本当にイザヤがカイルに奪われる。

――絶対にそんなことはさせん。おれの能力の限りを尽くしてそれだけは阻止する。

傍らのイザヤがカイルに弄ばれる未来を想像するだけで、腹の底から怒りが湧いてくる。

――阻止するには、もっと出世しなければ。

――おれが連合艦隊の指揮権を握るにはどうすればいい……。

そんなことを考えてしまう。せめて自分の発案を連合艦隊司令本部に認めさせる立ち位置くらいには就きたいが。

と、イザヤが唐突に切り出した。

「いやな話は終わりだ。『水簾』に集中しよう。『井吹』に似てていい艦だ、衝角があるから違うけれど」

強引に話を打ち切って、イザヤは羅針艦橋の前上方に突き出た「衝角」を指さす。

かつて軽巡空艦「飛廉」に搭載されていた自爆兵器「衝角」は、この「水簾」にも搭載されていた。「飛廉」一隻で飛行戦艦「ヴェノメナ」を沈めたインディスペンサブル海戦の戦訓がこの「水簾」にも生かされた格好。

イザヤは満足げに頷いて、

「『井吹』と『飛廉』のいいところを合わせた艦だな。最終決戦にふさわしい」

「いい艦だが、知恵蔵の指揮で後方送りになりかねん」

「呼び捨てにするなって言ってるだろ！」

言い争いをしながら艦橋内を点検し、伝声管の配置を確かめるなどして数時間後、捨吉が艦橋に戻ってきて問題なしを報告、停止していた両舷のプロペラが回転をはじめる。

「殿下、みながお言葉を待っています。出発前にひとこと」

捨吉が笑顔で促して、艦橋内の伝声管の蓋をあけ、艦内放送マイクの電源を入れる。

イザヤはマイクを口にあて、凜、と背筋を張る。

「達する。白之宮だ」

イザヤの第一声に、伝声管からいつもの大歓声が返ってくる。

『殿下――』『殿下――――っ』

イザヤもひとつ頷き、口調を引き締める。

「諸君らも知っているように、戦局はこれからいよいよ重大な局面を迎える。おそらく次の艦隊決戦は日之雄千年の命運を決する、建国史上最大の戦いとなるであろう。我ら第八空雷艦隊に課せられた使命は非常に大きい。諸君には毎日精一杯、手を抜くことなく全身全霊、それぞれの役割を果たして欲しい。その先に、平和な未来が必ずある」

『殿下――――っ』『殿下ぁぁ――――っっ!!』

「では行こう。両舷前進、第一戦速。奮え諸君、我らが望む未来のために！」

いつもの号令と同時に、「水簾」艦尾にセラス粒子の七彩が散った。

「水簾」を先頭に、「懸河」「飛瀑」「白竜」、新たな重雷装駆逐艦四隻がゆっくりと空へ漕ぎ出していく。

『殿下――っ』『殿下殿下――――っ』『姫さま――――っ!!』『殿下!!　殿下!!』『でーーーん――――かぁ――――っっ!!』

先頭の「水簾」はもちろん、後続する三艦からもただひたすら「殿下」「姫さま」を連呼す

るだけの熱狂的な歓声があがる。その音量はすさまじく、草千里(くさせんり)の草原が「殿下」「姫さま」と歓声をあげているかのよう。

「お前の訓示、聞いてるのかこいつら」

「……たぶん……」

クロトの質問を受け流し、イザヤは目の前の空を見据(みす)える。

未来になにが待ち受けているのかはわからない。だがとにかく、自分に課せられた役割を一生懸命(けんめい)果たしていくことしかできない。その先に必ず、豊穣の未来があると信じて。

「飛ぶしかないんだ。為(な)すべきことを為すだけだ」

おのれにそう言い聞かせて、イザヤは澄み切った青を見つめた。

†　†　†

聖暦一九四一年、一月二十日——

ガメリア合衆国、ワシントンＤＣ、連邦議会議事堂。

議事堂前、緑陽の眩(まぶ)しい国立公園には五十万人を超える大群衆が詰めかけて、新たなガメリアの転換点を目撃しようとしていた。

史上最年少、政治経験なし、歴代大統領選における史上最多得票。

数々の「史上初」をひっさげて、いま、新たなるガメリア大統領の宣誓がスピーカーから響き渡る。

『わたし、カイル・マクヴィルは厳粛に宣誓します。誠意を以て合衆国大統領の職務を執行すると。そして全身全霊を以て合衆国憲法を遵守すると。神のご加護のもと、誓います』

言葉が終わると同時に、公園の五十万人と式場前に詰めかけた三万人、そして貴賓席に居並んだ政府要人や有力者たちから万雷の拍手が沸き立った。

驚いた鳥たちが並木から飛び出していく。ファンファーレが鳴り響き、政府高官と抱擁を交わす新大統領へ色とりどりの紙吹雪が舞い降りる。人気歌手が国歌独唱、そののちカイルの演説がはじまる。

関係者や支持者たちへの感謝の言葉、これからの抱負、ガメリアを偉大ならしめるための数々のアイディア、なめらかで熱のある言葉の連なりで聴衆をうっとりさせてから、現在行われている日之雄との戦争についてとうとうと語る。

『わたしが生み落とした新たな大艦隊が進撃の合図を待ちわびています。みなさまに約束しましょう。わたしは一年以内に日之雄皇王家を解体し、あの野蛮で卑怯な民族を地上から消し去ってみせると！』

熱狂的な歓声が議事堂前へ響き渡る。

大統領が放つ言葉にしては過激すぎるが、マスコミはカイルの傘下にあるため問題ない。周りにたしなめる者も存在しない。だからカイルは言いたい放題、おのれの望む未来を語る。

戦闘機の六機編隊が、空へ白、青、赤の航跡を吐き出す。高らかなプロペラ音にも、歓声が掻き消されることはない。

『もはや戦勝は確実。いかにして犠牲を少なく勝つか、その段階に来ています。今日はみなさまに戦勝を確信していただくべく、特別ゲストをお呼びしました。どうぞ上空をご覧ください』

合図と同時に、青空を轟音が包んだ。

幾重にも折り重なったプロペラの音調が、公園の木々を震わせる。

いきなり降りてきた音響に五万人がどよめくなか、議事堂のむこうから突然、見たこともない巨大な飛行戦艦が航行してきた。

これまで雲や議事堂をついたてにして見えない位置に占位していたのだろう。いきなり湧き上がった鋼鉄の入道雲さながらの艦影に、歓声とも悲鳴とも怒号ともつかない声が天空を突き上げる。

空飛ぶ鯨――では生優しい。

これは、天空の破壊神だ。

『本日の特別ゲスト、新型飛行戦艦「ベヒモス」であります!!』

カイルの言葉と同時に、「ベヒモス」両舷から突き出した五十センチ主砲が空砲を放った。

音圧だけで、観衆たちの首が一斉に縮まる。腹の底に響く大音響が、この戦争の勝利を観衆たちに確信させる。

空間が「ベヒモス」を中心にして歪んでいるような、巨大すぎる鋼鉄の塊。

群衆も緑樹もまとめてなぎ倒そうとするかのような、八基の艦尾プロペラの咆吼。

高度千二百メートルを飛翔しているのに、あまりに巨大すぎて遠近感がくるってしまい、群衆は「ベヒモス」の下腹に触ろうと両手を差し出す。

たった一隻なのに、ちょうど一年前、ワシントンDCの空を埋め尽くした大飛行艦隊に遜色のない威圧感。この一隻だけで空の法則をねじ曲げて、あの大艦隊をも残らず沈める力があるのでは。観衆にそう思わせるくらいに、これまでの飛行艦とは比較にならないありようだった。

「ベヒモス」を背後に従えて、演壇のカイルはさながら世界の救世主のよう。

「いいぞ、カイル！」「この世界を救って！」「頼んだぜ、日之雄を焼き尽くせ！」

観客席からはカイルの名を呼ぶ熱狂が鳴り止まない。老いも若きも全員が、ガメリアの新たなる王に酔いしれる。

そして――

演壇にむかいあう貴賓席の先頭に、式典用ドレスを着たユーリがいた。

空飛ぶ新型戦艦を見上げながらその武装を確認。下腹にひらいた爆弾槽の数を数え、両舷から突き出る舷側砲の口径を測る。目測で全長二百八十メートル。船体重量七万五千トン。五十センチ主砲塔八基二十四門。爆弾搭載量はおそらく五千トン以上。昨年、同じこの場所上空を飛行したあの大艦隊のなかに「ベヒモス」はいなかった。ということは、あの艦隊へさらに新造艦が加わるということだ。

——これは無理。

五十センチ砲を搭載した飛行戦艦が相手では、四十六センチ砲の「大和（やまと）」「武蔵（むさし）」でも歯が立たない。物量で負け兵器で負け、兵の練度でも負けている。日之雄の勝ち目がどこにもない。

しかしともかくユーリの仕事は、「ベヒモス」の存在を日之雄へ伝えることだ。

——またレキシオ湾まで行って報告しなきゃだな。めんどくさ……。

愚痴（ぐち）を垂れたそのとき、二十五メートルほど離れた場所にいるカイルと目が合った。

カイルは朗（ほが）らかに笑い、ユーリを指さし親指を立てて片目でウインク。

ユーリもカイルを指さしサムズアップ、チャーミングなウインクを返す。

——絶対、コロす……。

笑顔でウインクしながら呪詛（じゅそ）を吐く。

はじめて会ってから三か月。

カイルはニューヨークを訪れるたびにユーリを呼び出し、食事したり映画を見たりオフィスで酔っぱらって追いかけっこしたり、もう四回もデートしている。

——あたしにあんなことして、のうのうと生きていけると思うなよ……。

四回のデートで合計十三回も触られた。三日前の最新デートではついに片乳を揉（も）まれた。罵声（ばせい）

を浴びせ往復ビンタしてやったら、カイルはげらげら笑って喜んでいた。

本当は呼ばれても行きたくないが、ケリガン財閥の監視があるから断るわけにもいかず、のこのこ出かけては触られたり揉まれたり、毎回帰るたびにソファーで泣き伏しエステラに慰められている。

——あたしも頑張るから、あんなやつに負けないで、クロト……。

ユーリは青空のむこうへそう呼びかける。

どんなに絶望的な状況に追い込まれようと、クロトは絶対にイザヤを守り切ると信じている。

カイルみたいな最低野郎がイザヤを好き放題にするなんて、ユーリも絶対に許せない。

——あたしと一緒にカイルを倒そうね、クロト……。

空へ祈りながら、ユーリは貴賓席の上空を航過していく「ベヒモス」の巨影を見上げた。

この戦艦が日之雄に辿り着いたとき、戦争の勝敗が決するだろう……。

†　†　†

聖暦一九四〇年、九月十四日、ソロモン諸島——

落ちていく夕陽へむかって砂浜を歩みながら、現地人の服を着たリオと、袖無しのシャツに半ズボンの速夫は完成したいかだを波打ち際まで運んでいった。

丸太を六つ組み合わせ、手製の縄で結わえ付けた、縦四メートル、横二メートルの立派ないかだだ。丸太の切り出しはそれほど苦労はなかったが、濡れても切れない丈夫な縄を一から作るのが難しく、必要な量を編むのに二か月間を費やしていた。

砂浜には、仲良くなった現地人の大人たちも大勢が見送りに出てくれていた。

はじめは警戒していたが、時間と一緒に打ち解けて、いかだ作りに必要な材料まで提供してくれた温厚なひとびと。リオと速夫は言葉と身振りで別れを告げて、泣きじゃくる子どもたちの頭を撫でた。

「ごめんね。友達や家族がみんな心配してるから、どうしても帰らなきゃいけなくて」

通じないとわかっているそんな言葉を送って、教えてもらった現地の言葉でさよならを告げる。子どもたちは鼻水をすすりながら、貝殻のペンダントをリオと速夫にプレゼントする。

「ありがとう。きみたちのおかげで本当に助かったよ。また会えるといいね」

速夫も笑顔で子どもたちにそう告げる。

そして視線を、これからむかうべき旅路へと据える。

――これでいいんだ。リオ様のご決断だから。

もう悩むのは終わりにした。正しいのか、間違っているのかもどうでもいい。

ただリオが信じた道を共に行くのみ。

夕陽が落ちて、空へ星が瞬(またた)きはじめた。

元々が航海士であるリオは星の位置を確認し、速夫(はやお)に告げる。

「南十字にむかえば、イザベル島に着くよ」

「はい。南十字を追います。……では行きましょう」

もうじき夜が来て、敵の目からいかだを隠してくれる。今夜一晩で二十キロメートルの海峡(かいきょう)を渡りきらねばならないが、やるしかない。

ふたりがいかだに乗り込むと、大人の現地人四人が海へ入り、いかだを押したり引っ張ったり、沖へ出るのを手伝ってくれる。砂浜では子どもたちが、リオに教わった日之雄(ひのお)の歌を歌って見送ってくれる。

達者な泳ぎで砂浜から二百メートルも離れたところで、親切な現地人たちはにこやかに別れを告げて、旅の無事を祈ってくれた。

「ありがとう、本当にありがとう！」

「また一緒に焚(た)き火して踊ろうね、ありがとう、さようなら！」

リオも涙まじりに、親切なひとびとへお礼を送る。

彼らが泳ぎ去ってしまうと、いかだはリオと速夫のふたりだけになった。

頭上には満天の星空。行く手の波は、いまは穏やかだ。

暗闇と潮騒(しおさい)が、ふたりに不安を運んでくるが。

「では行きましょう」

「いよいよだね」

明るい言葉と笑顔を交わしてから、ふたりは背中を合わせて立ったまま、それぞれのオールをいかだの左右へ落とした。

「必ず、ラバウルへお連れします」

「うん。ふたりで帰ろう」

リオの笑顔を受け取って、速夫は静かな瞳を西の海へむける。

——あなただけは生きて帰す。

行く先一千キロメートルは海も陸も、常時ガメリア兵が警戒の目を光らせている敵支配圏。無謀な旅路だが行くしかない。美姫を託されたおとぎ話の騎士のように、なにがあってもくじけることなく、諦めることなく立ちむかおう。どんな困難に遭おうとも、絶対にリオだけは守り抜く。

リオと呼吸を合わせて波をかき分けながら、速夫は前方の暗闇だけを睨み据えた。

美姫と水兵、ふたりきりの敵中突破行がはじまる。

とある飛空士への追憶

著／犬村小六（いぬむらころく）

イラスト／森沢晴行（もりさわはるゆき）

定価：本体629円＋税

大空に命を散らす覚悟の若き「飛空士」。ある日彼に与えられた使命は「姫を敵機から守り、無事祖国にお連れすること」。襲いかかる敵機の群れ！　複座式の小さな偵察機に乗ったふたりは、逃げ延びることができるのか？

GAGAGAGAGAGAGAGAGAGAG

とある飛空士への夜想曲 上

著／犬村小六

イラスト／森沢晴行

定価：本体 571 円＋税

——帝政天ツ上の撃墜王、千々石武夫が唯一敗北を喫した相手、海猫。千々石は激戦の空に宿敵の姿を求め彷徨う。『とある飛空士への追憶』の舞台となった中央海戦争の顛末を描く、新たなる恋と空戦の物語。

とある飛空士への誓約 1

著／犬村小六（いぬむらころく）

イラスト／森沢晴行（もりさわはるゆき）

定価：本体629円＋税

故郷を破壊された少年は、「空の一族」を滅ぼすために飛空士を目指した――。
空戦ファンタジーの金字塔「飛空士」新シリーズ、史上空前の規模でついに始動!!
七人の主人公が織りなす、恋と空戦の物語。

ガガガ文庫10月刊

幼なじみが妹だった景山北斗の、哀と愛。

著／野村美月（のむらみづき）

イラスト／へちま

相思相愛の幼なじみがいるのに、変わり者の上級生冴音子とつきあいはじめた北斗。幼い日から互いに見つめ続けた相手――春は、実の妹だった。そのことを隠したまま北斗は春を遠ざけようとするが。

ISBN978-4-09-453033-9（ガの1-2）　定価660円（税込）

剣と魔法の税金対策4

著／SOW（ソウ）

イラスト／三弥（みや）カズトモ

魔王国の財政立て直しに、いろいろ頑張る魔王♂勇者♀夫婦。超シビアに税を取り立てる「税天使」ゼオスは、夫婦のピンチには助けてくれる、頼りになる「税天使」。ところがそのゼオスが絶体絶命のピンチらしい!?

ISBN978-4-09-453036-0（ガそ1-4）　定価726円（税込）

こんな小説、書かなければよかった。

著／悠木（ゆうき）りん

イラスト／サコ

わたし、佐中しおりと比嘉つむぎは、小学校以来の親友だ。ある日、つむぎに呼び出され、一つのお願いをされる。「私と彼の恋を、しおりは小説に書いて？」そこに現れたのは、わたしが昔仲良くしていた男の子だった。

ISBN978-4-09-453035-3（ガゆ2-2）　定価726円（税込）

月とライカと吸血姫（ノスフェラトゥ）7　月面着陸編・下

著／牧野圭祐（まきのけいすけ）

イラスト／かれい

「サユース計画」はついに最終ミッション＝月着陸船搭載ロケットの打ち上げの日を迎えた。イリナとレフ、ふたりの夢はついに月面へと旅立つ！　宙と青春のコスモノーツグラフィティ、「月面着陸編・下」完成！

ISBN978-4-09-453037-7（ガま5-11）　定価759円（税込）

変人のサラダボウル

著／平坂 読（ひらさか よみ）

イラスト／カントク

探偵、鏑矢惣助が出逢ったのは、異世界の皇女サラだった。前向きにたくましく生きる異世界人の姿は、この地に住む変人達にも影響を与えていき――。『妹さえいればいい。』のコンビが放つ、天下無双の群像喜劇！

ISBN978-4-09-453038-4（ガひ4-15）　定価682円（税込）

GAGAGA
ガガガ文庫

プロペラオペラ４

犬村小六

発行　2021年５月23日　初版第１刷発行
2021年11月20日　第２刷発行

発行人　鳥光 裕

編集人　星野博規

編集　湯浅生史

発行所　株式会社小学館
〒101-8001 東京都千代田区一ツ橋2-3-1
［編集］03-3230-9343 ［販売］03-5281-3556

カバー印刷　株式会社美松堂

印刷・製本　図書印刷株式会社

Printed in Japan ISBN978-4-09-453007-0

第17回小学館ライトノベル大賞応募要項!!!!!!!!!!!!!!!!!!!!!!!!!!!!!

ゲスト審査員は武内 崇氏!!!!!!!!!!!!!!

大賞：200万円＆デビュー確約
ガガガ賞：100万円＆デビュー確約
優秀賞：50万円＆デビュー確約
審査員特別賞：50万円＆デビュー確約

第一次審査通過者全員に、評価シート＆寸評をお送りします

内容 ビジュアルが付くことを意識した、エンターテインメント小説であること。ファンタジー、ミステリー、恋愛、ＳＦなどジャンルは不問。商業的に未発表作品であること。
（同人誌や営利目的でない個人のWEB上での作品掲載は可。その場合は同人誌名またはサイト名を明記のこと）

選考 ガガガ文庫編集部＋ゲスト審査員 武内 崇

資格 プロ・アマ・年齢不問

原稿枚数 ワープロ原稿の規定書式【１枚に42字×34行、縦書きで印刷のこと】で、70～150枚。
※手書き原稿での応募は不可。

応募方法 次の3点を番号順に重ね合わせ、右上をクリップ等（※紐は不可）で綴じて送ってください。
① 作品タイトル、原稿枚数、郵便番号、住所、氏名（本名、ペンネーム使用の場合はペンネームも併記）、年齢、略歴、電話番号の順に明記した紙
② 800字以内であらすじ
③ 応募作品（必ずページ順に番号をふること）

応募先 〒101-8001 東京都千代田区一ツ橋 2-3-1
小学館　第四コミック局　ライトノベル大賞係

Webでの応募　GAGAGA WIREの小学館ライトノベル大賞ページから専用の作品投稿フォームにアクセス、必要情報を入力の上、ご応募ください。
※データ形式は、テキスト（txt）、ワード（doc、docx）のみとなります。
※Webと郵送で同一作品の応募はしないようにしてください。
※同一回の応募において、改稿版を含め同じ作品は一度しか投稿できません。よく推敲の上、アップロードください。

締め切り 2022年9月末日（当日消印有効）
※Web投稿は日付変更までにアップロード完了。

発表 2023年3月刊『ガ報』、及びガガガ文庫公式WEBサイトGAGAGAWIREにて

注意 ○応募作品は返却致しません。○選考に関するお問い合わせには応じられません。○二重投稿作品はいっさい受け付けません。○受賞作品の出版権及び映像化、コミック化、ゲーム化などの二次使用権はすべて小学館に帰属します。別途、規定の印税をお支払いいたします。○応募された方の個人情報は、本大賞以外の目的に利用することはありません。○事故防止の観点から、追跡サービス等が可能な配送方法を利用されることをおすすめします。○作品を複数応募する場合は、一作品ごとに別々の封筒に入れてご応募ください。